Kimi ga Irukara ●Yoshio Kurokawa

黒川 謙士

君がいるから

文芸社

風を切る。この爽快感。誰も感じた事のない世界に人を誘う。人は風に触れる時、世界は何も変わっていなかったとしても、新たなる地平に立つ。

夜明けを告げる太陽の光を浴びながら、海の脇に続く、山の斜面に作られた国道を黒いバイクが走った。朝日を浴びる漆黒のバイクは陽光に照り返され、見るものにその色の真実を覆い隠した。断崖絶壁と大海原を背景に光を放ち疾走するバイクは、「美」を体現していた。自然と光、そして文明の織り成す芸術がそこにはあった。無論、こんな朝早くにこの美を賞賛する者などいるわけがない。いるとすれば、空から下界を静かに見下ろしているかもめぐらいだ。黒い光は、自らが発する光以外には何も興味がないように、荒っぽい軌道で疾駆する。ゆるやかなカーブに差し掛かった。すると対向車線から、どこから来てどこへ向かうのかもわからない大型トラックが迫ってきた。

ファーン。

屈強な男がクラクションを鳴らす。総司はわずかに体を傾け、トラックの横をすり抜け、しなやかに走り抜けた。潮騒が岩に砕ける。海のかけら達は空へと高く舞い上がり、疾走する総司を濡らした。総司は何事もなかったかのように家路に向かう。全てはよくある事なのだ。そう、全てはごくありふれた出来事なのだ。この地域の海は常に荒く、始終波しぶきが国道を濡らす。世界はいつものように過ぎ去っている。いつものように潮風に吹かれながら。いつものように天空には、高く高くかもめがシューシューと音を立てて旋回していた。

夏の色はまばゆく世界を新しく塗り変える。世界は喜びに満ち、重く沈んだ心にも、どこから湧き出るのか知らないが、新しい力が湧き上がる。目を細めて世界を見つめると、全ては新しく、言い知れぬ感動と、これから始まる何かへの期待に胸が膨らむ。

俺はこの夏、何を見るのだろう……。そして何を掴むのだろう……。

総司には大成という中学時代からの親友がいた。二人はお互いに目には見えぬ糸で引きつけ合っていた。時に遠く離れていても、心の糸までは切り離す事はできなかった。引き裂く事ができたのは、ただそこに横たわる空間だけであった。たとえその空間を切り裂いても、引き裂かれた空間は、友情というアーチで再び結ばれた。あの日までは。あの日までは……。あの日を境に全てが変わった。

二人の性格は本来、決して溶け合うものではなかった。大成はおとなしく真面目で控えめであった。体はほっそりとして背が高く、色白だった。この潮風の強い町で育って、よくそんなに白くいられたものだと言いたくなるほどだった。特徴は鼻が人よりも高い事と、学年で随一の秀才である事だ。勉強といえば大成と言われるほどだった。

それに対して総司は、勉強に関してはまるでだめ。しかし、目立ちたがり屋は小学校の頃からで、授業はその舞台のようなものだった。答えが分かるか分からないかなんて問題ではない。クラス中を笑いの渦に巻き込めるかどうかが勝負だった。総司にとって勉強のライバルなどは眼中になかった。お笑いのライバルこそが総司の友達だった。こんな奴らは本来、大成のような優等生にとってはいい迷惑であっただろう。しかし、大成は彼らのショーを楽しんだ。心から楽しんだ。むしろ彼らの発言には、自分にはない発想があり、なにかフッと心が軽くなる事さえあるのだった。大成は優等生でありながら、自然体の心の余裕があった。

この頃の二人は、親友というには程遠く、ただのクラスメイトと呼ぶのにふさわしい関係だった。総司と大成の接点はテスト前数日間のわずかな時間だけだった。総司は零点を避けるために、テスト前になると要点を聞くために大成を捕まえた。そして微笑をもってこう聞いた。

「大成。今度のテストどこが出る？　出そうなとこだけ教えて。そこだけ暗記していくから。」

この質問に対して、生真面目な大成は決まって沈痛な面持ちでこう答えた。

「出そうなとこか……。それは僕にも分からないな。」

こういった決まり文句の儀式の後は、総司は微笑を崩さず、強引に話を進めた。

「いつもの予想でいいよ。大成の予想は当たるからな。俺は零点さえ取らなきゃいいんだよ。」

「そのぐらいでいいならいくつか確実に出るところは教えてあげられるよ……。本当にそれでいいんだね。」と大成はいつも教える側なのに気まずそうに言った。総司はそんな気弱な大成の気持ちなど気にもとめず、生来の軽さで答える。

「あぁ、いいよ。」

大成にとっては零点も十点も大差はなかった。しかし、総司にとっては雲泥の差であった。

勉強なんてどうでもいい。こんなんで馬鹿だなんて思われたくない。人の頭の良し悪しなんて、こんな紙っぺらで評価されてたまるかという、学歴主義に対する反抗心を持ちながらも、零点はカッコ悪い、恥ずかしいといった、中途半端な羞恥心を合わせ持っていた。

中学時代の総司にとっては、中途半端な羞恥心を持つ事よりも、零点を取る事の方がよっぽど恥ずかしかった。総司はその頃を振り返ると、潔く零点を取るべきだったなと、今になって恥ずかしく思うのであった。

そんな二人が急速に接近したのは、中学二年の学年末試験の時であった。これまでなんとか零点だけは免れてきた総司は、最後の難関、学年末試験を迎えた。テスト範囲は一年間の学習範囲全てだ。二年になった総司は相変わらずこのテスト範囲の広さを認識していない。そして、いつものようにテスト直前に、あの軽い微笑をもって大成の所にやって来た。

「大成。今度のテストどこが出る？　出そうなとこだけ教えて。そこだけ暗記していくから。」

「出そうなとこか……。それは僕にも分からないよ。」

今回の大成の声はいつになく自信のない弱々しい声だ。総司から見ればいつも自信なさげな大成の声の微妙な違いは、全く気にもとまらなかった。そしていつものように言った。

「いつもの予想でいいよ。大成の予想は当たるからな。俺は零点さえ取らなきゃいいんだよ。」

「いや。今度のは、そうはいかないよ。テスト範囲が教科書一冊だよ。一年間分の授業からどこが出るのか分かんないんだよ。それに最近になってやっと分かったけど、うちの学校、ひねくれた問題出すの好きな先生多いからね。学年末じゃあきっと洒落にならないよ。」

いつもと違うシナリオに総司は明らかに落ち着きをなくし、無造作に髪の毛をいじりながら声を上げた。

「ま、まじかよー。何とかなんないのかよ……。学年末で零点なんて、なんかほんとのできない子みたいじゃん！　なんとかなんねぇのかよ！」

いつも以上に弱々しげな大成は、独り言のように呟いた。

「うん……、英語はミズ・堀だから……会話文とか多そうだけど、まーなんとかなるか……。国語は……漢字で……社会の卓さんは……、う……ん、的を絞るか……。数学のオガッティはかなりいやらしい問題を出すよ。最大の難関はオガッティだね。」

「オガッティか……。確かに掴めん奴だな。なんか対策はねぇのか。」

ちょっとした沈黙が流れ、やがて申し訳なさそうに大成が口を開いた。

「勉強するしかないね。」

「そんな答えしかないのかよ……。そんな答えならお前に聞かねぇよ。オガッティに聞いてるよ……。」

総司は一冊分の教科書の分厚さを思い出すと挑戦する気さえなくなるのだった。

案の定、総司は何にも手付かずのまま学年末試験を迎えた。国語と英語は大成のアドバイスのおかげでなんとか無事に終えた。もちろん無事に終えるとは、零点ではないというだけの事だ。そして、いよいよ難関の数学の試験を迎えた。数学も大成に山をはってもらっていた。全ては連立方程式にかかっていた。それも簡単な計算ができる程度だ。文章問題として出たならば総司の実力では完全にアウトだ。

テスト開始の鐘がなり、オガッティのこもった声が試験開始の合図を示した。総司は緊張の面持ちで、裏向きになっている問題用紙をひっくり返した。そして鋭い眼光はあのいとしの連立方程式を探した。

あの、くねっとしたマーク……xとyの二つあるやつ……ない……ない……なななななぁ…………い。

何度も何度も見直した。

おかしい……。おかしい……。やっぱり……。ない……。

終わった……。総司のささやかな虚栄心は、完全に砕かれた。ついに、あの忌まわしき零点を取るのだ。あの悲しい答案用紙に書かれている丸は唯一、点数を書くはずの欄にだけ書かれているのだ。答案用紙を自らがもらうのだ。それを思うと総司は悪あがきする気さえなくなった。薄れゆく意識の中で、総司はふと視線を落とした。するとそこには前の席の大成が、答案用紙の上下を逆にし、簡単な計算問題のある前半部分が見えるように、わざとらしくたれ下げてくれていた。総司の視線の先には、神々しい光が差していた。

大成ありがとう。恩にきるぜ。

総司十四歳の冬だった……。

この日以来二人には目に見えない絆が生まれた。総司はこの日の事を幾度も感謝の想いを込め話したが、大成は絶対に認めなかった。そんな事はしていないと言い張った。それは高校に入ってもいつまでも変わらなかった。

そんな出来事があった二人だが、その後も学校ではあまり接する機会はなかった。変わらず、お互い違うグループに所属していた。二人はお互いを意識しながらも、決して近づきすぎることなく、互いの隙間に二人だけの特別な空間を用意していた。

中学三年の夏休みに、総司は初めて大成の家に遊びに行った。総司は裸足にぼろぼろのジーンズ、よれよれのTシャツで自転車を走らせた。庭では日傘をさしてきっちりと日焼け止めを塗った大成の母が、突然の来客を出迎えた。総司の初対面の挨拶は、自転車に乗りながら、元気に「こんにちは」と言って走り抜けただけだった。そんな総司を大成の母は訝しげに見ていた。それは、休日に大成のもとに来客がある事自体が物珍しかった事と、大成に近づけたくない部類の友達だとの思いがあいまっての事であった。

大成は総司が玄関に近づいて呼び鈴を押すよりも早く、玄関を開けて待っていた。そして総司を自分の部屋に招いた。部屋に入ると全てが整然と並んでいて、総司は逆に落ち着かなかった。部屋をぐるりと見渡し、真ん中にどっしりと座った。そしておもむろに持ってきたCDを差し出した。大成はCDを受け取ると従順に音楽をかけた。微妙な雰囲気が初めての二人きりの空間を作った。

大成がちょうど良い音量でかけると、総司は得意げに言った。

「この音楽はもっと大音量で聴くんだぜ。」

そう言うと大成の意向など聞こうともしないで楽しそうにボリュームを上げた。大成には信じがたい音量であった。一瞬心が引き、微かに眉間にしわが寄った。しかし、理解はできないが、もっと分かり合いたいという気持ちが勝り、なすがままにされていた。

そうしてしばらく大音量の激しいロックを楽しんでいると、ノックも挨拶もなく大成の母親がお菓子とジュースをお盆にのせて入ってきた。母親は氷のような表情でお盆を床に置くと何も言わずCDの音量をほとんどゼロにした。寝っ転がっていた総司は少々驚いたが、お菓子とジュースを目にすると、そんな小さな事は忘れてしまった。母親が出て行くと総司はにっこりとして言った。

「優しいお母さんだね。」

「う……うん。」

その日は夕方まで総司一人でしゃべりまくった。大成は静かに、時に微笑んで総司の全てを見つめた。

総司が帰ると、すかさず母親が大成を呼びつけた。

「なんなんですか？　あのお友達は。勉強はしているのかしら。しているわけないわね。人の家に来るのに裸足で来るような子供。親のしつけがなってない証拠ね。正直、お母さんはがっかりです。大成ちゃんのお友達があんな野蛮な子だなんて。」

かん高い声でまくし立てる母を遮るように大成は言った。

「で……でもね……。」

大成はうつむいたままで、なんとか友人の良いところを伝えようとしたのだが、

「大成ちゃん！　どうしたの口答えなんかして！　あぁ、なんでこんな子に私は育ててしまったのかしら。あぁ、気持ちがわるい、あぁ倒れそうですわ。胸が苦しい。大成ちゃん、早くいつものお薬とお水を入れてちょうだい。」

この母は自分の思い通りにならないと、目眩《めまい》がし倒れ、薬を飲む事が大成の子供の頃からの習慣となっていた。大成は母親のこんな姿を見ると、自分自身が病気になったかのように動揺し、我を忘れてしまうのだった。そして、夢中で駆け出し水と薬を持っていくと、母は苦しそうに胸元を押さえながら、大成のほうに目をやるでもなく手だけ差し出した。大成はその冷たい手に、神経質なほど丁寧に水と薬を渡した。母は少し落ち着くと息も切れ切れに、眉をひそめ言った。

「大成ちゃん。あなたはお母さんの言う通りにしていればいいの。大成ちゃんの事はお母さんが全部考えているのですから。安心して勉強していればいいのよ。」

「うん……。」

大成の芽生え始めた自我が、無意識に抵抗した。しかし、その青い芽はすぐに立ち枯れた。そしてその日以来、総司が大成の部屋に入る事はなかった。無論、総司はその理由を知らない。

一週間もすると、総司は再び約束もなしに大成の家を訪れた。大成は驚き慌てて出て来た。そんな大成を見て総司は笑って言った。

「そんなに慌てなくてもいいよ。時間はまだあるよ。」

「そうだね。ねぇ、う、海でも見に行かない？」

たどたどしく大成は初めての提案をした。

「あ、あぁ。いいね。」

めずらしく自分の意思を表す大成に、総司は驚きつつも喜んだ。そして、大成は真っ青な空を背景にしてそびえる灰色の木造の車庫に小走りで向かった。その背中に、総司は大声でもう一度叫んだ。

「いいね！　大成どっかいいとこ知ってるかい？」

大成は苦々しい顔でいったん振り返り、何も言わずに走り去った。大成が自転車を押しながら無言で総司のもとへ来ると、二人は砂浜のある海岸へと向かった。

二人は真夏の光を浴び風を切って走った。総司は足を広げ、ワアワアとはしゃぎながら坂道を下った。大成は無邪気にはしゃぐ総司と並走し、横目でちらりと見やった。海辺を走る二人の姿は、青春の純粋さを思い起こさせた。眼下に広がる海は、光に照らされてところどころギラギラとうねり、なにか伝説の巨大な生き物を思わせた。

ほどなく海に着いた。海辺は真夏だというのに目立った人影はなかった。海岸沿いにはところどころ岩場が入り組み、松が生えていた。砂丘から少し離れると森になっていて、二人はその手前に陣取った。二人は海を眺めやりながら、時に語り、時に沈黙した。潮騒は二人の沈黙を決して退屈にさせはしなかった。水平線の手前には、キラキラと普遍の光がきらめき、空を行く雲が太陽の前を横切った。青春時代のひときわ清らかな大気が、二人の身体を包み込んでいた。

総司はしばらく座っていたが、飽きてくると大成を誘って波打ち際に向かった。総司は波が引けばぎりぎりまで波を追い、波が返ってくれば濡れないように俊敏に戻った。大成はそんな総司を、波が寄せても返しても濡れないところに立って眺めていた。

総司は幾度か波と戯れているうちに、波に膝まで浸かってしまった。総司は叫び声を上げながらけたけたと笑った。そんな無邪気な総司を大成は不思議そうに眺めていた。総司は塩分をめいっぱい含んだジーンズを重たげに引きずりながら、大成に向かってしかめっ面をしてみせた。そして笑いながら言った。

「おい！　気持ちいいぞ！　大成も浸かってみろよ！」

「僕はいいよ。靴だし。それに海水に濡れると気持ち悪いから……。」

「そうか！」

と総司は言うと、にやにやと悪戯っぽい笑みを浮かべ、ずぶ濡れのまま大成のもとへ駆け寄った。大成の胸に嫌な予感が走った。

「近づかないで！　近づかないでおくれよ！　気持ち悪いよ！」

総司は嫌がる大成の腕を摑むと波打ち際に引きずった。身長は大成のほうが高かったが、力の差は歴然であった。大成の半ば泣き出しそうな必死の抵抗も空しく、海に突き落とされた。哀れな大成は全身ずぶ濡れになり、髪の毛からは雫が垂れていた。哀れな少年は海中に座り込み、顔についた海水を両手で拭っていた。それを見た総司は大笑いした。

「あはははは。気持ちいいだろ？」

「ひどいな……。」

大成の必死の行為をあざ笑うかのように、容赦なく次の波が襲った。またずぶ濡れになった。

総司はそんな大成を見ていっそう笑った。そして思った。

大成らしいなぁ。

総司は自分とは全く違う大成を愛しい眼差しで見つめた。相も変わらず顔をぬぐい、また波に襲われるであろう大成を見かねて、総司は腕を摑んで言った。

「あはは。立てよ。そんなところに座ってたらいつまでたっても波に顔を洗われるぞ。」

ふくれた大成は、いつになく反抗的に言った。

「しょうがないだろ。僕は泳げないんだから。」

「あはははは。足ついてるじゃないか。大成は勉強はできるのにこんな事も分からないんだな。あはは。」

目も開けられない大成は、総司に腕を引き上げられ立ち上がった。立ち上がると顔を何度も両手でこすった。

「大成。もう波はこないから。安心して目を開けてみろよ。」

大成はゆっくりと目を開けた。露を帯びたまつげが光り、総司の顔がきらきらと真珠のように光って見えた。真夏の輝きは一面を黄金色に輝かせ、砂浜で遠くから眺めていた時よりも、世界はいっそう美しく映った。きらめく光は、大海原にふんだんにちりばめられていた。視線を上げると、光の珠も一緒に大空へとゆっくりと立ち上った。

大成は言葉を失った。ぽかんと口をあけたまま立ちつくしていた。そして呟いた。

「きれいだ……。本当にきれいだ。なんだか全てがきらめいているよ……。」

総司の露《あらわ》な腕は、大成の腕をよりいっそう強く摑んだ。

「そうだろ。そうなんだよ。遠くでじっと見ていたって分からない事だってあるんだ。遠くで見ているとばかげた事のように映っても、やってみると新しい発見があるもんだろ。」

大成は頷いた。長いまつげに垂れ下がった雫が遠くの水平線を震わせたかと思うと、大成の大きく見開いた目に入った。大成は大きく瞬きをした。そしてささやかな言葉を残した。

「美しい……。」

総司は大成の濡れた肩を抱き、二人して透明な世界を眺めた。二つの無垢な魂は、どんな王様の冠よりも光り輝いていた。なんでもないこの場所も、二人にとっては聖地になっていった。

この日以来、二人の待ち合わせ場所はこの海辺になった。季節が巡ってもここで語り合った。時を重ねるごとに二人の友情は深まり、お互いを知っていった。

月日は流れ、義務教育最後の冬を迎えた。この冬の終わりには、全ての仲間がそれぞれの旅立ちを迎える。もちろんそこに例外はない。

大成はなんの迷いもなく、地元から離れた街なかの私立の進学校に進む事にした。生まれたときから、否、生まれる前から決まっていたかのように。わざわざこの田舎町から街なかの進学校に行くのはごくごく珍しい事で、十年に一度の出来事だ。しかし、教育に興味のないこの街ではなんの話題にもならなかった。特にこの学校は進学に力を入れ、この学校に入れば、末は博士か大臣かといわれていた。その代償は青春であり、自由であった。この学校の人間は他の学校の人間と言葉を交わしてはいけないという校則があるのではないかと噂されるほど、めっきり街に姿を現さないのだ。

総司は大成の進路を聞くといつもこう言った。

「そんなに遠くに行かなくたって。お前の頭ならどんな高校行ったって、好きな大学に入れるさ。」

この話題になると大成は決まって伏し目がちになり、ぼそぼそとした口調で答える。

「うん……。お母さんがね……。」

そう言われると総司は何も言わなかった。それは決して彼の考えを肯定したわけではない。むしろ、なされるがままの籠の中の小鳥を、なんとか大空へと放ってあげたいと思う、深い友情の叱咤であった。そして、総司の沈黙はやり場のない怒りの反抗であった。

大成もその沈黙の意味が分からないわけではなかった。大成の中で、二つの相反する心が摩擦を起こした。一つは総司のように生きたいという気持ちと、もう一つは、すりこまれた不思議なる圧迫感だ。しかし、決まって勇気が恐怖に打ち負かされた。

二人はお互いの気持ちが痛いほど分かっていた。同時にお互いがぎりぎりのところで譲り合っていた。時にこうした通じ合わない二人のやりとりも、通じ合わないがゆえに、余計に二人の友情を強固にした。

総司は地元の工業高校に進学した。大抵はみんな普通高校に進むが、総司は工業高校の機械科に進んだ。機械科を選んだ理由は、一番偏差値が低かったからだ。総司にとって学校などは、社会に出る時間稼ぎに過ぎないからどこでもよかった。だが、合格した時は正直うれしかった。これもまた、受かりたいというよりも、落ちたら恥ずかしいという総司のささやかな羞恥心がそうさせたのだろう。

長い間共に過ごした仲間達がそれぞれの新しい空を見つけ、飛び立つ時が来た。卒業式。不思議なる別れと旅立ちの儀式。この時初めて誰もが、永遠に流れゆく時を目にする。巻き戻す事のできない悠久の大河の中に身を任せている事を体感する。

式が終わった。体育館はいつになくひんやりとしていた。この日のために敷き詰められた緑色のシートを踏みしめ退場した。そして、教室へと移動する。そこからは仲の良いもの同士が語り抱き合う。この日はみんな優しい。優しくなれる。

ふんわりとしたやわらかな空気に包まれた世界で、総司は友達の輪から離れ、今ある光景を目に焼き付けようとゆっくりと教室を見渡した。総司はクラスの目立たない、いつも表に出ようとしない、声さえも聞いた事のない少女の涙を見た。友達といるところさえあまり見た事のない少女は、一人涙を隠すように、静かに声も立てずに泣いていた。

彼は不器用さゆえに、また、例の変わった羞恥心ゆえに、悲しみを表に出すことはなかった。しかし、静かなる少女の涙を見たとき、なぜかとめどもない悲しみが込み上げてきた。総司はこらえきれずこぼれ落ちた一筋の涙を、誰にも見られまいと服の袖で拭い、静かに教室を出た。廊下の大きな窓からは西日が差し込み、総司の横顔をオレンジ色に染めた。

去りゆく総司は、何度も少女の涙の意味を考えた。しかし、その涙の理由は分からなかった。分かった事は、その子の涙はとても美しいという事だけだった。そして、一人のか弱き乙女にさえ、自分は無力である事を知った。自分は常に目立ち、友達も多く、華やかな青春を謳歌していると思っていた。しかし、その少女こそが、この眼に映す事のできない時というものを、深く深く見つめていた。総司はおせっかいにも、もう今までのようには会う事のない一人の少女の前途が、幸福であり、開け行く事を心から祈った。

友と抱き合いながら、それぞれの旅立ちを祝福する姿があった。思い出話に花が咲き、笑顔で語り合う姿があった。皆それぞれ、自らの心に決着をつけていった。

こうして総司も大成も、慌しい一日を過ごした。総司は一人一人の友と別れを告げると、一人校庭を後にした。夕映えに照り返された白い校舎を振り返り、じっと見つめた。もう当たり前のようにはここに入る事はできないのだと思うと、少しさびしさが込み上げた。先輩を送る元気な後輩の声が校舎に響いていた。総司にとっては、この声が恨めしかった。

そんな弱気な自分を叱咤するように、

「終わったのだ。」

と諦めの言葉を呟いた。

そして、宴の後にいつも訪れる、身体の芯から震わせるあの寂しさが訪れた。長い長い宴の後の、深い深い物寂しさ。いつしか冷たい衣が総司の身を包んでいた。

総司は、もう再び振り返る事はなく、いつもの海岸へと向かった。自転車に乗り、海辺の景色を楽しみながら走った。国道から海岸が見えた。海岸はいつもと同じように波が打ち寄せていた。同じリズムで寄せては返す波。水平線に沈む間際の大きな太陽。世界は明日の保証などしていないかのように暮れていった。

みんな悲しいんだ。人も自然も。悲しみを胸に抱えて生きているんだ。悲しみを友として、悲しみを力強く抱きしめて生きているんだ。なんだかそう考えると、この風もとっても気持ちいいな。

大いなる自然は、総司の全てを受け止めていた。自然の愛に抱かれ、総司は二人の海岸にたどり着いた。すでに大成は一人たたずんでいた。たたずむ大成の横顔は夕日のために、赤く輝いていた。総司が近づいてきた事には気づいていたが、総司の事には気にもとめず、水平線のかなたを見つめていた。

　総司は大成の横に並んで座ると、この日は何も話しかけなかった。一緒になって夕日を見つめた。夕日が半分ほど姿を消すと、総司は口を開いた。

「俺達って、どこに向かっているんだろう……。」

　大成はびくっとした。なにか触れてはいけない琴線を、ピンと弾かれたかのように。この一言は、総司の思春期の始まりを意味し、また大成の心の静かなる泉に小石を投げ入れる行為でもあった。波紋とは、どんなに小さかろうと、やがては泉の隅々にまで影響を与えるものだ。

　大成は何も答えなかった。夕日が沈むか沈まないかの点になった夕日を見つめたまま、大成は感情を失ったかのように冷たい口調で話し始めた。

「また会おうよ。いや、これからもずっと会おうよ。」

　総司は荒っぽく、しかし落ち着いて言ってのけた。

「大成は街なかの進学校に通うじゃないか。勉強も忙しいだろうし、なかなか会えないだろう。あの学校は陸の孤島だぜ。あそこに入れば他の学校の奴とは縁を切る事が当たり前だぞ。」

その言葉の最後を遮るように、視線を総司のほうに向け大成は口を開いた。

「関係ないよ。僕達はずっと親友でしょ。いつまでも、いつまでも、友達だよね。違うのかい？」

いつになく力強い大成の言葉に、総司は熱いものが込み上げ、唇はかすかに震えた。

「そうだよ……。そうだよ……。俺達は友達だよ。誰であろうと、何があろうと、俺達の友情を壊す事なんてできやしないさ。」

総司はこの日積み重なった悲しみの雪がゆっくりと融け出すのを感じた。波打ち際のせつない涙が頬を伝った。すでに沈んだ太陽は、総司の涙をうまく隠してくれた。

二人はうっすらと見えるお互いの手を取り合い、変わらぬ友情を約した。この時ふと総司の胸に、自分はゼロではないという証を残したいという衝動が走った。

「キャンプファイアをやろう。」

無意識のうちに継いだ言葉だった。涙を隠すように視線を逸らし、続けた。

「この辺にある枯れ木を集めて燃やそうぜ。」

総司は辺りに小島のように散らばる木々を集めた。大成も続いてゆっくりと集めた。ほどなくこんもりとした小さな枯れ木の山ができた。

「ようし、こんなもんだろ。火をつけようか。あ……火をつけるものがない……。」

「そうだよ……。」

二人は声を上げて笑った。

「どこかにあるさ。探そうぜ。」

総司はふらふらと歩きながら足元を探した。大成は暗闇の中、這うようにして地道に細かく探した。総司は五分もすると飽きてしまった。

「ねぇな。ねぇよ。こんな広いところで探すのは無理があるな。」

そう言うと、横倒しになっている丸木に腰を下ろした。そして、必死にライターを探し続ける大成に向かって言った。

「もういいよ。今日はもう暗いし、今度家からライター持って来た時にしようぜ。」

大成は何も聞こえないかのように、黙して探し続けた。総司は暇そうに片膝を両手で抱え込み、ゆらゆらと前後に体を揺らしながら潮騒を聞いていた。すると大成が闇の中で叫んだ。

「あった！　あったよ！」

「え！」

「ライターがあったよ！　使えるかな。」

　総司は駆け寄りライターを取り上げた。興奮し、親指をライターにかけ、点火した。ガリッと金属と火打石がこすれあった。線香花火のような火花が一瞬飛び散った。静かなため息がもれた。総司は見開いた瞳のまま呟いた。

「いけるかもよ。」

　二人はさっき集めた枯れ木の山に戻った。総司は屈み、ライターを大事そうに両手で包み火をつけようとすると、大成が制止しながら言った。

「待って。このままじゃ火はつかないよ。いったん新聞紙につけよう。それから木に移したほうが確実だよ。」

「さすが大成。天才！」

　大成が新聞紙を拾ってくると、総司はライターをまわした。ガリッ。小さな火が灯った。そのほのかな光の中に二人の顔が浮かんだ。二人の瞳には同じ炎が映っていた。大成がさっと新聞紙を差し出し、総司が火をつけた。光は一気に広がった。二人の顔はより鮮明になった。二人とも息を止めたまま、焚き木に新聞紙を投げ入れた。炎は高く高く燃え上がり、二つの心は一つになっていった。まるで二人を励ますように。自分自身の心に語りかけるように。

広がれ！　広がれ！　もっと広がれ！

火は期待通り燃え上がった。わぁと歓声が上がった。

「やったね。やったね。」

大成は子供のように無邪気に、何度も何度も喜びの声を上げた。総司は静かに呟いた。

「あぁ……。やったな……。」

この夜、青春の炎はどこまでも高く、遠くまで照らし出しているようだった。そして、この光景は互いの胸に深く刻まれた。思い出とは、たとえ運命が全てを破壊したとしても消えないものだ。


桜の咲く頃、二つの道はそれぞれの方角へと伸びていった。いや、無数の星々が、宇宙の運行を忘れたかのように、思い思いに道を選んだ。大成は陸の孤島といわれる学校で忠実に勉学に励んだ。初めのうちはいつもの海岸でお互いの近況を報告し合っていた。しかし、月日がたつにつれ、総司だけが海岸に座り込み、一人夕陽と語り帰途に就く事が多くなった。言い知れぬ寂しさが総司の心に影を落とした。その影は目を背けても背けても、いや、背ければ背けるほどに心を暗く覆い尽くすのだった。総司はそんな暗い影に挑むように、週末には二人で語り合った海岸にいた。夕陽はいつも変わることなく総司を照らした。それは誰もが避ける事のできない青春の影だった。一度ずれた軌道は、もう再び交わる事はないのだ。

高校に入り、新しい友達ができなかったというわけではないが、それは学校だけでつるむ、ただそれだけの友達だった。総司にとってプライベートまで共にするほどの魅力は感じていなかった。授業が終わると真っ先に海辺に行き波音を聞いた。日々その繰り返しだった。別段潮騒に飽きたというわけではないが、なぜだか心は倦んでいた。そんな心に自由に躍りまわるバイクは魅惑的だった。十六になる頃だった。総司はバイトをする事を決意した。総司がバイト先にと目を付けた工場はたった二人で、ひっきりなしに金型を作っている、いわゆる下請けの下請けの下請けの工場だ。実際はもっと「下請け」がつくのかもしれない。

総司が工場に近づくと油の臭いが鼻をついた。工場の床は油で真っ黒になっていた。何をしているか分からない機械が唸りを上げて叫んでいた。それぞれの機械は、それぞれの音を響かせ、規則的に濁った水と鉄くずを吐き出していた。社長のがんこ親父の権じいは、猫の手も借りたいほどの忙しさを無言で乗り切っていた。この時、この工場では、人手は足りないが、唯一の従業員に給料を出すこともままならないほど経営は逼迫していた。権じいはめずらしい若い来客に仕事の手を休め、珍客に近づいてきた。首には油と汗で黒ずんだタオルをかけていた。そのタオルで頬のあたりを拭き拭き言った。

「帰れ帰れ！　うちは仕事はあっても金はないんだ！　昔は金と仕事は一緒だと思ってたよ。でも今は違うんだよ！　仕事はあっても金はねぇんだよ！　いったい誰が悪いんだかな。たしかに仕事をくれって神様におねげえしたさ！　だがな、金がついてこない仕事が降ってきやがった。驚いたもんだぜ、坊主。わりいなぁ。少し前ならお前にも分け前があったんだがなぁ。今は俺達が食ってくのがやっとさ！　縁があったらまた会おうなぁ。あばよ。」

権じいのしゃがれた声が、機械音の響く工場の中に鈍く沈んだ。権じいの顔は、この町の潮風か、長年の仕事の苦労でか、黒茶けた額に深いしわを幾重にも重ねていた。孤独な老翁は目を細め総司に一瞬ちらりと目を向け、踵《きびす》を返し仕事に向かった。その背中に総司も負けじと青年特有の鋭い妥協のない眼を向けた。この時、総司はお金がほしかった。というよりも、バイクを買うお金がほしかった。しかし、総司は自分でも思いもよらない事を叫んだ。

「親父さん……。俺……、金ならいらないよ……。俺、なんか学校行ってもつまんないし……。学校では何も得るものがなくって……。何か、時間を浪費しているようにしか感じないんだよ。何か……、変えたくって……。ここに何があるか分からないけど、新しい事にチャレンジしたいんだ。ほんとはバイトして、バイクがほしかったけど、それも、なんか新しい事がしたかっただけのような気がするんだ。なんか、変わりたかっただけなのかもしれねぇ。だから親父……。」

「権じいでいい。」

「権じい……？」

「あぁ、うちの会社の連中はみんな俺の事を権じいって呼ぶんだ。うちの会社の連中だけはな！」

「親父……。」

「権じいでいい！」

「権じい！　ありがとう！　俺、精一杯働いてみるよ。」

総司は思わず権じいの胸に飛びつこうとした。しかし、それを制するように、権じいは声を発した。

「ただし、条件があるぞ。学校にはちゃんと行け。仕事を理由に学校休むなんてことはあっちゃいけねえぞ。俺はなあ、小学校しか出てねえんだ。小学校を出たなんて偉そうに言うが、その頃から働いてたから、まともに小学校も出てねえんだよ。字を読めるようになったのもおめえの年ぐれえの頃だよ。俺は勉強したかったんだよ。何に役に立つか知らねぇけどな。俺は子供はいねぇけど、わけーやつらにゃ勉強してもらいてぇんだよ。せっかく与えられたチャンスだ。なにはなくとも学校には行けよ。」

総司は頷きながら呟くように答えた。

「約束するよ、親父……。」

間髪入れずに権じいのいがらっぽい声が飛んだ。

「権じいでいい！」

歳のため痩せ細ってはいたが、若い日から鍛え上げたこの屈強な初対面の大木に、若き小枝はためらう事なく叫んだ。

「権じい！」

総司は今まで感じた事のない、心震える思いに胸を膨らませた。潤んだ瞳で権じいを見つめていると、総司の視線を逸らすようにして権じいが口を開いた。

「あとなぁ。ここは給料安いからな。」

そう言うと権じいは自分の手馴れた機械に向き合った。いつものように。

「あ、ありがとう……権じい！」

総司の瞳はもう涙を抑える事はできなくなっていた。今まで流した事のない涙が頬を伝った。権じいは仕事の手を休めず、総司のほうに視線をやるでもなく言った。

「明日は土曜だ。用事がなければ明日朝から来な。」

「分かったよ。権じい！」

なんとも言えない喜びをかみしめながら、ゆっくりと立ち去ろうとした総司の背中に、またしてもいがらっぽい声がぶつかった。

「グッドラック」

総司はその声に呼ばれるように首だけ向けた。しかし、権じいは先ほどとまるで変わらない様子で機械に向かっていた。総司はその姿を認めると、気のせいだと自分に言い聞かせ家路へと向かった。この時、心の影は、希望の光でかき消されようとしていた。

手に入れてみせる。

青い炎は小さかったが、悲しみの闇を払っていった。

総司は学校が終われば工場へと一目散に向かう日々が始まった。仕事といっても日々同じ事の繰り返しだった。幾度同じ事を繰り返しただろうか。数週間して、ようやく一つの機械を覚え、一つの部品を作る事ができた。この一歩がうれしかった。一歩一歩が辛かった。何よりも、何の役にも立てない自分が給料をもらう時が一番辛かった。初めての給料を受け取る時、総司は断った。

「俺はまだ何一つ作れない。まだ仕事をしたなんて言えないよ。ちゃんとしたものを作れるまで、給料は受け取れないよ。ただ、首にはしないでくれよ。権じい。」

「わっはっはっはっはー！　総司。今貰う金が一番大切なんだ。一番多くの事を教えてくれる金だ。いつまでたっても今の気持ちを忘れるな。人は傲慢になってはなんにもなんねぇ。なんにもなんねぇってのは、何も作れねぇわけじゃなくて、何も残せねぇって事だよ。人は何かを作り出すために生きている。形あるもの、ないもの、いろいろあるさ。だがなぁ、傲慢になっては何も残せねぇよ。残らないものを作ったってそりゃごみだぜ。いいか。ものを作るものは腕だが、それを永遠にするもの、命を吹き込むのは心だぜぇ。それが仕事さ。総司……お前は今、いい仕事をしているよ。いい仕事してるなぁ。」

権じいは再び豪快に笑い、自分の仕事へと向かった。総司はこの言葉を忘れなかった。そしてこの時もらった給料袋を大切にとっておいた。

初めての給料をもらうと、月々の給料を頼りにバイクの免許を取りに行った。ほどなく免許を取り、三カ月分の給料で中古の安いバイクを買った。

初めてエンジンをかけた時は、全身に震えを感じた。そして、しびれるエンジンの鼓動を全身に感じて走った。バイクと心を合わせ海岸沿いを水飛沫を浴びながら走るのは最高だった。光も音も風も全てが生きているようだった。失った友を再び手に入れたような喜びがあった。全てを忘れ、走り続けた。見馴れた景色が全て新しく塗り直されていた。世界は常に美しい。

月日は流れ、高校三年の春を迎えた。いつのまにか再び人生の選択を迫られていた。寒い冬に比べれば日は長くなっていたが、すでに太陽は沈み、海原に月を映していた。夜風は潮の匂いと草の香りをのせて丘を吹きぬけた。

丘には仕事帰りの総司がバイクにまたがっていた。仕事も覚え、少しは役に立ち始めた総司は、この日初めて残業をした。今まで権じいが総司に残業をさせることは一度もなかった。学業を邪魔する事を心配しての事であった。しかし、この日は次の日が休みという事と、納期に間に合いそうにもない状況であったがために、権じいは総司に残業を頼んだ。

いつもより少し遅くなった帰り道の風が心地よかった。帰り道、海岸沿いにバイクを止め、かつて親友と共に語り合った海辺に向かった。何を思い出すわけでもなく、ただ静かな波音を聞きながら遠くの月を眺めていた。充実していた。何も語らなくとも、全てに心を開いていた。

海岸は人影もなく、いつものように静かだった。突然後方で枯れ木を踏みつけるような音が聞こえた。総司はびくりと背筋を伸ばし、肩越しに首だけ後ろに向けた。

そこには懐かしい大成が立っていた。総司は瞬時にして立ち上がり、無言で手を取った。およそ二年ぶりの再会だった。時は流れていたが、変わらぬ繊細な手だった。最後に会ったときに比べると背は伸び大人っぽくなっていた。二人の背丈はほぼ同じくらいだった。総司はすっかり日に焼け、手は油にまみれ日常的に黒ずみ、体は筋肉質に均衡のとれた良いバランスになっていた。それに比べ大成は背はひょろっと高く、色白でその白さは、全く遊ぶことなく受験勉強をしてきた事が窺えた。総司は興奮を抑え、静かに言った。

「久しぶりだな。元気だったか？」

「うん。」

「何してたんだい。」

総司の声には、包み込むような優しさがあった。

「僕の高校生活は予想がつくでしょ。勉強勉強だよ。とにかく大学に行けばゆっくりできるって言われ、ここまできたよ。」

「大学に行けばゆっくりできるか……。なんのために大学行くんだろうな……。」

「なんのためか……。」

静かな沈黙の中、波音がしっとりと二人の胸に染みた。月は二人の唇を蒼く染めた。大成が口を開いた。

「あのバイクは、総司君の？」

総司の顔は赤みを帯び、今までの時の隙間など一瞬にして忘れ、勢い込んで話しだした。

「そうなんだよ。買ったんだよ！　工場で働いてさ。バイクは最高だぜ。望めばどこにだって行けるんだ。ほんと自由なんだ。」

自由という言葉を吐く時、なぜだか総司の心は弱々しくなり、大成の顔は曇った。沈黙が流れ、その沈黙を再び総司が呟くようにして破った。

「大成は今自由か？　俺はなんだか知らないが、何やっても虚しいんだ。でも……とりあえずバイクにまたがって風の音を聞いていると、時間が過ぎるのが早いんだ。」

大成は視線を合わすことなく囁くように言った。

「なんか新しい事に挑戦するのもいいかもね。僕達はもう大人なんだし。」

「そうだよ。もう子供じゃないんだよ。自分の人生は自分で決めなきゃいけないんだよ。大成も新しい事を始めないか。」

静寂の中に海が泣いていた。海鳴りは大成に早い結論を要求した。

「うん……僕もなにか、勉強以外のものを始めようと思っていたんだ。」

「そうだよ……。走り続けていれば……生きている意味だって分かるはずさ。」

総司の放った、青春の暗闇に何らかの結論を見出そうとする若さゆえの妖しい光は、その純粋さゆえに一瞬にして二人を包んだ。

この夜再び結ばれた、二人の間に横たわる絆の川は、永遠に二人を結び付けてくれるかのようだった。川幅を隔てて向かい合う二人は、もうこの川の魅力から引き離される事はないかのように思われた。外灯が、海岸に沿って丸く走る国道を部分的に照らし出していた。

二人の行動は迅速だった。二人は失われた時を大急ぎで埋め合わせるように、生き急いだ。大成は、久しぶりの再会の翌日には教習所に行った。もちろん親には内緒だった。勉強のみを子に求める母にとって、この冒険はあまりにも刺激が強すぎる。この計画は友情という名のもとに極秘裏に進められた。

大成は、子供の頃から貯めたお年玉の一部を銀行から引き出すことにした。幼い頃母が作ってくれた貯金通帳だ。その通帳から、母親の許可なしでお金を引き出すなどとは、今まで考えた事もなかった。引き出す間際まで、母の顔が思い浮かび、何度も何度も通帳を握り締めた。

しかし、新しい自分になりたいという青年の欲求は、いつの時代でも、「前に進む」という答え以外は導き出せないものである。彼もまた同じであった。大成は、今まで手にした事のない大金を手に、教習所へと向かった。教習所に着くと入口で総司が待っていた。

「来ると思っていたよ。」

総司は夕陽に照らされた顔に微笑を浮かべ言った。

大成は頷き、照れたように教習所へ入った。速やかに手続きを済ませ、早速講習が始まった。総司は親友が帰ってきた喜びをかみしめるように、じっと入口で立ち尽くし、穏やかに宙を眺めていた。総司の頭の中には、二人の思い出がいくつもいくつも流れては消えて行った。

講習が終わる頃には、すっかり日も暮れ、辺りは暗くなっていた。大成が扉を開け出てくると、ここに来たときと同じように、総司が微笑をもって出迎えた。総司は二つ持っていたヘルメットの一つを、無言で渡した。大成はそれをかぶると、総司のバイクの後ろに乗った。二人は闇の中に走り去って行った。

総司は講習の終わる時間に合わせて、毎日迎えに来た。そして、毎日無言で家まで送った。二人は言葉を交わす事はなかったが、言葉では言い尽くせない温もりを感じていた。

最終日、大成は教習所から出てくると総司に言った。

「終わったよ。もうここに来る事はなくなったよ。あとは免許を取りに行くだけだよ。」

「よかったな。順調にいって。早くお前と走りたいな。」

二人はいつものように闇に消えていった。しかし、その日はまっすぐに大成の家に行くのではなく、いつもの海岸へと向かった。二人は海岸の砂浜に腰を下ろして闇に輝く星々を眺め、優しいさざ波の歌に耳を傾けていた。

しばらくすると大成が口を開いた。

「星は季節が変わると、場所を移動する。今あそこにあるカシオペア座も季節が巡るとどこに行ってしまうか分からない。僕もそうだった。環境が変われば、その場所に合わせた生き方をし、うまくたちまわっていた。君との友情だってそうだ。あんなにも仲良くしていたのに、進学を第一に考えた環境では、君は邪魔な存在だったのかもしれない。ライバルでもない。会う価値なんてないと思っていたのかもしれない。親友を損得勘定で見ていた気がする。」

総司は笑った。総司にとって過去の事など何の興味もなかった。彼にとっては今が大切であり、これから何を為すのかしか興味が持てなかった。笑いながら総司は言葉を継いだ。

「見ろよ。星はきれいだぜ。カシオペア座だって、北斗七星だって。そんなこと言うとあの星達が怒って、落っこちてきてしまうぜ。あははは。」

大成は表情を変えることなく闇を凝視していた。

「大成……。時は巡る。必ずね。時を止める事も、巻き戻す事もできない。俺達は時と共に生きている。それは悲しい事だろうか？　そんな事はない。大切な事は、どう巡るかだよ。あの星達だって、自分の行く道を探して、必死で輝いている。自分の行く先を照らそうとして一生懸命なんだよ。だから、どこに行こうと美しい。大成、お前だってそうだろう。自分の行く先を必死で探してるんだろう。一生懸命自分を輝かせて……。だから……俺はお前も美しいと思うんだ。」

「裏切りさえも？」

「裏切ってなんかないさ。こうして季節は巡り、またお前は帰ってきた。それでいいじゃないか。俺達は、どこに行っても、いつでも、自分らしく輝いていこうぜ。

　そのうちにきっと、いつも変わらず俺達の行く先を照らしてくれる人に出会えるさ。うれしい時、悲しい時、どんな時でもそっと傍にいてくれる。そんな星にさ。いつか必ず、そんな運命の人に出会えるさ。」

　大成は俯きながら話した。

「総司君からそんな話聞くとは思わなかったな……。意外だな。」

「そんなに意外か？」

「だって総司君は今まで好きな人の噂とか全然ないし……。まるで女の子に興味がないみたいだったじゃない。」

「あはは。たしかに俺は誰にも好きな人の事なんて話した事ないし、誰に聞かれても好きな人なんていないいって答えてたからな。」

大成は頷いた。

総司は一段と遠くを見て話しだした。

「俺だって好きな人はいたよ……。でもさぁ、そんな事恥ずかしくって言えるわけないじゃん。だからいつも好きな人なんているわけねぇじゃんって言ってたけど、好きな人はいたよ。でもさ、好きな人の前に行くと、話したい事も何にも話せなくって、むしろ、変な事ばっかり言っちゃってさ……。ただの変な人になっちゃうんだよ。だから、いつもいつも、好きな人ができても、遠くで眺めてるだけになったよ。でも、それでいいんだ。それで……。」

「ほんとうにそれでいいの？」

「あぁ。ただ、いつかさ、いつか……その人が誇りに思ってくれるような男になりたいって思ってた。今の自分じゃ自信がなくって。いつか、いつかって、思うんだ。そうして何も変わらず今に来ちゃったんだ。」

さざ波が、総司の話の終わりを知らせた。

さざ波に消え入るかのように静かな声で大成は言った。

「そうなんだ……。全然分からなかった。総司君から恋愛の話聞くの初めてだよ。」

「あははは。そうだっけな。昔さ、漁師だったじいさんがよく星の話をしてくれたんだ。じいさんは漁に行くとき地図なんて持たないんだ。たまに嵐に遭遇したりして方角が分からなくなる時があるんだって。そんな時は星の配置から方角を予想するんだって。そうやってばあさんのところに帰ってくるんだってさ。ばあさんの呼ぶ声が聞こえるんだって。いつでも、どんな窮地でも聞こえるんだって。何度も何度も同じ話をよく聞かされたよ。ほんとかどうか分かんないけどな。だって、嵐の夜に星は見えるのか？」

大成はうっすらと笑みを浮かべ静かに頷いて耳を傾けていた。総司は続けた。

「でもさ、その話を聞くたびにさ、好きな人の事思ってた。好きな人がいない時は、これから出会う好きな人を思い浮かべて話を聞いてた。じいさんはそんな事を教えたかったわけじゃないいんだろうけどね。」

総司は今まで誰にも話した事のない恋の話をした。この淡い勇気は、二人をいっそう深い友情の川に誘った。大成は、少しずつ大人になって行く心の移り変わりを繊細に読み取っていた。

しばらくの沈黙の後に、大成の指がぴくりと動いた。そのわずかな変化は、二人の間の空気を解き放つのには十分だった。

「そろそろ帰ろうか。」

総司が静かに言った。

二人はいつものように、いつもの闇を切り裂いて進んだ。


明くる日、二人は連れ立って、免許の最終試験を受けに行った。大成は難なく合格し、免許を手に入れた。総司は全ての感情を押し殺し、冷静を装うのが精一杯だった。そして湧き上がる感情を抑えるようにして言った。

「よかったな。」

「う……うん。」

大成は母親に内緒で始めたこの冒険の最終目的である免許を手に入れた。しかし、これは新たなる冒険の始まりであり、この先はもう退く事のできない道である事を実感し、得体の知れない不安にかられた。大成はその不安を隠すように、笑顔を作った。しかし、その微笑も青春の定めの前ではまるで無力で、ロウソクの火を吹き消すようにかき消された。

二人は総司が買ったバイク屋に向かい、安いバイクを手に入れた。その日から二人は時間を紡ぎ出すようにして会った。総司は夜のバイトが終わるとすっかり暗くなった夜の海岸に向かった。大成は学校で遅くまで勉強をして家にいったん帰る。そして母親と夕食を済ませ自分の部屋に入り、母親を安心させると、そっと部屋を抜け出し、裏山に隠したバイクにまたがり夜の闇を切り裂いた。

二台は合流すると、あてもなくさまよった。まるで自分達の気持ちを代弁するように。どこに行くかも決めず、ただ、走れば走るほど、さまよえばさまようほどに心が軽くなるのを感じた。

大成の顔は以前よりも生き生きしていた。勉強の疲れなどどこにも刻まれていないようだった。成績は上がったわけではなかったが、特別下がる事もなく優等生のままであった。

大成との友情は総司の仕事にも力を与えた。仕事が終わってからの二人の彷徨を思うと、全てが楽しくて仕方がなかった。権じいは言うのだった。

「総司。お前はあのうるさいバイクにまたがるようになって、いい仕事をするようになったな。」

「そうかい？　うれしいなぁ。」

総司はうれしそうに自分の作った部品を眺めやった。

「総司。いい仕事って何か分かるか?」

「いいものをつくることだろ?」

総司はきょとんとした顔で答えた。

「それも一つだ。他にもたくさんある。まずは生き生きと働く事だ。そしてどんな仕事でも仕事だ。真剣に情熱を込めてやることだ。たとえそれが自分の望んだ仕事でないとしても、真剣さと情熱において、差があってはならないんだよ。分かるか総司?」

「う……うん。」

総司は自分の作ったものが良くなっていると思い、部品をうっとりと見ていた自分が恥ずかしくなった。


総司と大成の、二人の秘密の生活が数カ月続いた。季節は夏を迎え、光の中の草木は眩しさを増し、緑の葉は気持ち良く色づき永遠を思い起こさせた。そして二人が待ちに待った夏休みを迎えた。高校生活最後の夏休み。二人は最後の夏に最高の思い出を作ることにした。二人は学期の最後の日を迎えると、いつもの海岸で落ち合った。夕暮れにも太陽が熱く照りつけていた。

「いよいよ夏休みだな。」

「うん。」

「大成は受験勉強で忙しいのかい？」

「うん。」

「そっか……。もし時間をあけられるなら、バイクで遠出しないか？」

「遠出？」

「そうだよ。遠くに行かないか？」

「どのくらい遠くに？」

「分からない。あてはないけど、今まで見た事のない景色を見に行こうぜ。」

今まで見た事のない景色……。この言葉が大成の心に迫った。未知なるものを友と探しに行く。青春の真っ只中にいる大成にとって、こんなに魅惑的な言葉はなかった。

「日帰りで帰れるなら、きっとお母さんにもばれないで行けると思う。」

「よし！　決まりだな。明日にでも行かないか？」

「性急だね。あはは。総司君らしいや。」

「俺、思いつくと我慢できないんだ。じゃあ明日朝八時にここに集合な。」

「うん。」

大成の返事には、母にうそをつくことに対する戸惑いと、今までもうまくやってこられたことに対する自信とが葛藤していた。総司はそんな大成の気持ちなど全くおかまいなしに有頂天であった。

「じゃあ今日は早く寝ろよ。明日は寝坊するな。じゃあな。」

二人はそれぞれのバイクにまたがり去って行った。


約束の日、雲ひとつない快晴の空だった。青は薄く広がっていた。その薄い青を背景に、泳ぐようにしてかもめが旋回していた。総司は約束の時間より二十分ほど早く着いた。そして、海と空との間を確かめるように水平線を凝視していた。

八時ちょうどに大成が来た。バイク音を聞くだけで総司には誰か分かった。総司はゆっくりと振り向いて言った。

「さぁ、行こうか。」

「うん。」

二人とも落ち着いていた。今までと何も変わらなかった。遠出といっても特に気負う事もなく、自然体であった。二人は地図のない旅に出た。海岸線の国道を一直線に走った。ただひたすらに、どこまで遠くに行けるかを競うようにして走った。道は時にうねり、時に一直線に伸びていた。二人は特にスピードを出しすぎるわけではなく、安全に走っていた。

三時間ほど走っただろうか。気がつけば県外に来ていた。子供の頃から家族で出かける事もなかった総司は、県外の表示に目を奪われた。

やった。やったぞ。俺のバイクでここまで来たんだ。

総司は少年のように喜んだ。そしてバイクを止めた。空は万人に放たれ、当然のごとく二人を抱きとめた。大成と二人で今までとは違う海を眺めた。そんなに遠くないところから、海岸に向かって船が近づいてきていた。その船は海を切り裂いて波を起こしていた。その切り裂いた跡が、ちょうどVの字になっていた。

「大成。ほら、Vの字だ。」

「ほんとだ。勝利のVだね。僕達勝ったんだね。」

「さすが天才！　うまいこと言うなぁ。」

「でも、僕達何に勝ったんだろう……。」

沈黙が流れた。総司はなんとか答えたかった。自分の選んだ選択肢が間違っていなかった事を示したかった。

「きっと……、一歩踏み出した事が勝利じゃないかなぁ。」

「そっか……。」

いつも答えを求めたがる青春の魂は、二人にとっても同じであった。

再び走った。しばらくすると、国道は海岸線のほうへ伸びる道と、山のほうへ伸びる道とに分かれた。バイクを止め、総司は大成にどっちに行くか尋ねた。大成は山道を選んだ。二人にとっての新しい挑戦だった。

山道は今まで走っていた海岸線よりもずっと難しかった。道はうねり、先が全く見えないときもあった。突如として対向車が現れ、ぎりぎりでよけ切る時もあった。そんな緊張感も、進めば進むほど、先の分からないこの道が、なんとも言えない刺激となって面白かった。二人は夢中で山の頂を目指した。

ちょうど日が傾きやや日差しが和らいだ頃、頂に着いた。二人はバイクを降り、高みから見下ろす海を見た。海を眼下に見下ろす事は決して特別な事ではなかったが、今はなにか特別な気がした。二人は言葉は交わさなかったが、今日ここへ来た事は間違いではなかったと確信していた。刻々と沈みゆく太陽に照らされた二人の顔は自信に満ち溢れていた。そして口元には、友情の微笑みが浮かんでいた。二人は原っぱに寝そべり、眼下に渚を見下ろしながら時が流れるのを忘れ、自分達の手に入れたわずかな誇りを胸に時を過ごした。

太陽が赤みがかった頃、総司は言った。

「そろそろ帰ろうか。」

「うん。」

二人は山を下りた。木々の間から、時に夕陽が差し込んだ。二人の体はまだらに彩られていた。二人はうねる山道にすっかり慣れていた。

山の中腹に差し掛かった頃、太陽は完全に沈んでいた。二人はヘッドライトを点けた。山道独特の急なカーブに差し掛かった時だった。先を走る総司の前を黒い生き物が走り抜けた。総司は叫んだ。

「いかん。」

とっさにバイクを滑らせた。自らは斜面を滑るようにして平行移動した。必死で体をコントロールし背中からガードレールにぶつかった。そのとき総司の視界に恐ろしい光景が映った。

大成は、目の前で突如として倒れた総司に驚き、自らのコントロールを失い横倒しに倒れた。大成は地面にたたきつけられ、そのまま対向車線に滑り、岩が剥き出しになっている絶壁に頭から首にかけて激突した。

総司は我を忘れて立ち上がった。背中に激痛が走った。そんな事を気にとめている場合ではなかった。大成のもとに駆け寄り叫んだ。

「大成！　大成！　おい大成！　大成！」

大成はぴくりとも動かなかった。ヘルメットをとると頭から出血していた。

いかん……。いかん……。

総司は完全に冷静さを失い路上で大成を抱きかかえ、大成の名を叫び続けていた。対向車がライトを照らして近づいてきた。ぎりぎりのところで二人の存在に気づき急ブレーキをかけた。

「どうしたんだ。」

対向車の男は恐ろしい光景に興奮していた。

総司は、ただ叫び続けていた。

「大成。大成。」

総司の断末魔のような叫びは、人けのない山にこだました。

ほどなく救急車が来た。二人は救急車に乗せられ近くの病院へと運ばれた。大成はそのまま手術室に運ばれた。しばらくして、狂ったような叫び声が聞こえてきた。その声は大成の母親だ。

「なんでうちの子が。何かの間違いでしょ。うちの子がバイク事故だなんて。おかしいわよ。だって免許も持っていないし、今日だって学校に勉強しに行ったんだから。なんで大成がこんな遠くにいるの。おかしいじゃない。ねぇ。」

病院の関係者にしがみつく大成の母親を、看護師がなだめていた。

「落ち着いてください。大丈夫です。命に別状はありませんから。」

「何を言ってるの。大成じゃありません。うちの子じゃありません。」

その声を聞き、総司は戸惑った。

「俺のせいだ。俺のせいだ。俺がこんな事にしてしまったんだ。俺のせいだ……。」

絶望の鐘が総司の心に重く鳴り響いた。

大成の母親の視界に、うつむく総司が映った。その瞬間、大成の母親は息を呑んだ。もしかしたら、本当にうちの子かも。そして、最後の望みをかけるように、いや、半分は諦めの気持ちを抱えて、見覚えのある総司の顔を見るなり駆け寄って来た。

「どういうことなの？　あなた何か知っているの？　話しなさい。うちの子に何をしたの？　ねぇ。なんとか言いなさいよ。今手術しているのは大成なの？」

「はい……。」

「え……なんで……なんで……そんなわけないでしょ……うちの子はバイクなんて……それに、今日は勉強するって出ていったわよ……うそでしょ……。大成じゃないわよね？」

「すみません。自分のせいで大成が……。」

この言葉を聞き終わるか否かに大成の母親は、小刻みに震えながら気を失った。看護師に抱きかかえられ、空いている病室で横になった。

総司は廊下のシートで俯いたまま手術の終了を待った。「手術中」の忌まわしき赤いランプが消えた。主治医が出てきた。非常に険しい顔で、体力を消耗している事は明らかだった。総司は駆け寄り聞いた。

「どうでしたか。」

「ご家族の方ですか？」

「……はい……。」

「命は大丈夫です。しかし、頭を非常に強く打っています。今ははっきりとした事は言えませんが、後遺症の事も考えなければなりません。また落ち着いたら話しましょう。今日はこれで。」

総司は恐怖で震えた。

「後遺症……。」

時を同じくして大成の母親が目を覚ました。遠くで叫び声が聞こえた。

「どうなったの……？　うちの子に会わせてください。会わせて……。」

「今手術が終わりました。命は大丈夫ですから。ご安心ください。」

その声を聞いて総司は大成の母親のいる病室へ駆け出さずにはいられなかった。そして扉を開けた。すると、大成の母親は総司を見るなりヒステリックに叫んだ。

「あの男を追い出して。あの男が私の子を殺したのよ。あの男を追い出して。出して！」

総司はうつむいたまま部屋を出た。閉じられたドアの向こうから総司に対する罵声が止むことなく続いていた。

総司は壁にもたれかかった。自分の力では立っていられなかった。病院の関係者が近づいてきて、総司に言った。

「あなたは帰ったほうがいい。このままではお母さんまでおかしくなってしまいます。今日はお引き取りください。」

総司は最後の力を振り絞り、無言で立ち去った。

ひときわ甘い青春の冒険は、取り返しのつかない傷跡を残したままで……。


次の日、目を覚ますと総司は自分がどこにいるのかもよく分からなかった。

ここはどこなんだろう。

落ち着いてみれば自分の部屋だった。

夢か……。悪い夢を見ていたんだ。

総司は起き上がろうとした。しかし、体が思うように動かない。

あれ……。

無理に起き上がろうとすると背中に激痛が走った。

夢ではない……。

起き上がり、鏡を見た。顔はところどころ血塗られていた。自分の血であろうか、それとも大成の血であろうか。その無情なる朱色は、全ては現実であることを語っていた。しかし、ここまでどうやって帰ったのかまるで記憶がない。憶えていないのか、憶えていたくないのか、分からなかった。

結局その日は安静にしていた。次の日病院に行くと、全治三週間の打撲と診断された。背中は大木で打ちつけられたように、紫色になっていた。医者の勧めで三日間入院する事にした。総司は何も考える事ができず、三日間よく眠った。退院すると家には自分の黒いバイクが届いていた。少しすれた跡はあるが、事故を起こしたとは思えないくらいそのまだった。

きっと今頃大成の家にも届いているだろうな……。

総司の胸にあの悲しい事故が鮮明に蘇った。その心の痛みに耐え切る事ができずに、総司はバイクにまたがって走った。背中には激痛が走ったが、心の痛みはそれを上回っていた。総司は大成の入院している病院に向かった。病院に着くと、まっすぐに大成のいる部屋へと向かった。しかし、そこに大成はいなかった。看護師に聞いてみると、地元の病院に移ったとの事だった。どこの病院かと訪ねると紙に書いて教えてくれた。

総司は折り返した。家に着く頃にはもう暗くなっていたので、また明日大成に会いに行く事にした。

明くる日目を覚ますと、総司の体は動かなかった。前日の無理がたたったらしい。昼過ぎまで横になり、チーズを口にすると、気力を振り絞り大成のもとへと向かった。この数日間で総司もすっかり疲れ切っていた。本人は無我夢中で過ごしていたので、自分のやつれには気づいていなかった。総司はお見舞いの果物を買うと大成のいる病院へと向かった。

大成のいる病院は、森の中にあった。海からはずいぶん離れたところにあったが、森の間に海がきらきらと光って見えた。とても静かで、病院の他は何もなかった。

総司は大成のいる五階へと向かった。501号室の個室に大成はいた。軽くノックをすると、返事も聞かずに部屋に入った。そこにはカーテンを開け放した大きな窓を後ろに、ベッドに座っている大成がいた。その横には、疲れ切った母の姿があった。何か一生懸命大成に話しかけていた。

大成は灰色の目を宙に浮かせて呆然としていた。母は総司の姿を見るなり立ち上がった。

「あなた何しに来たの。うちの子をこんな目に遭わせて。よく来たわね。この子はいまだに夜うなされるのよ。あなたがこの子の人生をめちゃくちゃにしたのよ。この子は私の言うとおりにしてさえいればよかったのに……。幸せな未来が用意されていたのに……。それを……それを……。」

「すみま……。」

「しゃべらないで。出ていって。声も聞きたくない。責任をとってなんて言わない。二度と来ないで。二度と……。」

総司は俯いたまま体を翻し扉へと向かった。その背中に母は言った。

「この子……事故以来一言も話さないのよ……。一言も……。ずっとこうして宙を見ているだけ。きっと言葉を失ったんだわ。あなたがそうしたのよ。

バイクはどうしたのか。なぜこんな事になったのか。いつからあんたと一緒にいるのか。何を聞いても話してくれないのよ。でももう知る必要はないわ。あなたが私の大成をたぶらかした。そうでしょう。もう分かっているわ。この子が一人でこんな事するわけないじゃない。ひどい事をしてくれたわね。二度と、二度と来ないで。」

総司は無言で出ていった。総司と入れ替えに主治医が入っていった。

総司は思った。

大成は言葉を失ったわけではない。俺をかばっているんだ。俺を……。俺を傷つけないように……。大成……。すまない……。俺は君のお母さんが言う通り間違っていたのかもしれない。

総司は大成の心に涙した。二人の海岸に行き、日が暮れるまで泣き続けた。暮れた空に吹きつける制するような息吹が、総司の心を切り裂いた。

次の日もまた、総司は昨日と同じ時間に大成のもとへ向かった。怒られる事は分かっていた。それでも大成の友情に感謝を示したかった。

軽くノックをし、入った。昨日と変わらぬ光景がそこにはあった。しかし、雰囲気はいっそう重苦しく沈んでいた。母は泣きながら大成の体にしがみついていた。

「ばかな子……。このばかな子……。母さんの言うとおりにしないから……。」

母親は総司の姿を確認すると、表情が一瞬にして憎悪に満ちた。

「あなた何しに来たの。あはははは。」

狂ったように笑い出した。そして言った。

「ちょうどあなたが出ていった後、先生が入ってきたわ。重要な話があるって言うから私だけ行ったわ。そこで何聞かされたと思う。あはははははは。」

また狂ったように笑い出した。

「うちの子ねぇ……。後遺症が残るんですって。あはははは。この子、もう二度と立てないんですって。腰から下がねぇ、麻痺してるんだって。一生。一生涯ね。あはははは。」

総司の視界は一瞬にして闇となり、聴覚は永遠の沈黙を思わせた。遠ざかる意識の中でかすかな声を確認した。

「よく五体満足で姿を現したわねぇ……。うちの子だけこんな風にして……。あはははははは。あはははは。」

狂ったような笑いが響き渡った。その異様な世界の中で大成が口を開いた。大成は宙を見ながら、呟いた。

「お前のせいだ……。」

総司は一瞬にして現実に引き戻された。

「大……。」

「お前のせいだ……。」

静かだが、力を込め震えるようにして呟いた。

「お前のせいだ……。」

布団の中の拳が震えているのが分かった。

「そうよ。この男よ。あなたの体を動かなくしたのはこの男よ。あなたの未来も全部奪ったのがこの男よ。」

「お前のせいだ……。僕の人生をめちゃくちゃにした……。」

大成の瞳は瞬きひとつしないで、ただ悲しみと憎しみの雫だけが流れていた。総司はもう何も聞こえなかった。五感の全てが停止していた。

「二度と僕の前に現れるな。僕の足を返してくれ。僕の未来を返してくれ。返せ！　この野郎！」

大成は今まで発した事のない、喉も潰れるほどの激しさで叫んだ。そして身の回りにある全てを総司に向かって投げつけた。一輪さしてあった細い花瓶が、無情な矢のように総司に向かって放たれた。総司の体に花瓶は当たり、心には萎れたオレンジ色の花が突き刺さった。辺りは水に濡れ、唯一さしてあった悲しげな花は、無残に総司の足元に横たわった。

「あはははは。」

大成の母が再び笑い出した。

「やっと家の子の声が聞けたわ。やっと……。その第一声があなたへの恨み。あはははは。当然よ。当然よ。あはははは。」

大成の母は髪を振り乱し笑った。その笑いは行き場のない捻れた感情によって、尊大な嘲笑となって現れていた。そして総司の目の前に立ち、冷酷に言ってのけた。

「二度と来ないで。もし次来たならあなたを訴えるわ。二度と、二度と大成の前に現れないで。」

総司は恐怖と動揺のため意識が朦朧としていた。

「すみ……。」

「やめて！　そんな同情いらない。何よりも、あなたの声が聞きたくない。聞かせたくない。家の子だってそう思ってるわ。出ていって。」

大成の母の金切り声は、総司のささやかな抵抗心を打ち砕くには十分であった。総司は侘しく立ち去った。気づけば二人の岸辺にいた。もう二人ではないが……。二度と再び二人になる事はないであろう、悲しみの岸辺。

総司は真夏の暑い日差しの中、呆然と海を眺めていた。何も考えることができなかった。

親友の下半身が動かない事。彼の人生を台無しにした責任。全ては自分の勝手な行動が、彼の人生を変えてしまったのだ。そう心で何度も繰り返すと、自分の罪の重さに涙が溢れてきた。

「夢であってくれ……。夢だろ……。夢なんだろ……。」

そう何度叫んだ事だろうか。しかし現実は打ち寄せる波のように淡々としていた。太陽の大車輪は、いつもと同じように回転していた。

泣き疲れ、いつのまにか砂浜に横たわり眠っていた。総司が日を覚ましたときは、太陽はとうに沈み、代わりに月の光が総司を包んでいた。目を覚ました総司はまた同じ言葉を繰り返した。

「夢だろ……。」

現実の夜の海は総司を妖しく誘った。

死ぬほうが楽かもしれない……。

そう思うと、沖は優しく手招きをしているようだった。そんな葛藤を繰り返しながら、朝日を待った。

金色の空の光は、昨日までの悲劇を全くあざ笑うかのように、もっと大きな心で昇ってきた。そしてその光は総司の心に語りかけた。

変わるものか。変わるものか。君は君だ。過ちは過ちだ。生きなければいけない。償わなければいけない。生きろ！　生きろ！　総司！　生きろ！

総司は涙を拭い、一条の希望の光を抱えバイクにまたがった。

風を切る。この爽快感。誰も感じた事のない世界に人を誘う。人は風に触れる時、世界は何も変わっていなかったとしても、新たなる地平に立つ。

夜明けを告げる太陽の光を浴びながら、海の脇に続く、山の斜面に作られた国道を黒いバイクが走った。朝日を浴びる漆黒のバイクは陽光に照り返され、見るものにその色の真実を覆い隠した。断崖絶壁と大海原を背景に光を放ち疾走するバイクは、「美」を体現していた。自然と光、そして文明の織り成す芸術がそこにはあった。無論、こんな朝早くにこの美を賞賛する者などいるわけがない。いるとすれば、空から下界を静かに見下ろしているかもめぐらいだ。黒い光は、自らが発する光以外には何も興味がないように、荒っぽい軌道で疾駆する。ゆるやかなカーブに差し掛かった。すると対向車線から、どこから来てどこへ向かうのかも分からない大型トラックが迫ってきた。

ファーン。

屈強な男がクラクションを鳴らす。総司はわずかに体を傾け、トラックの横をすり抜け、しなやかに走り抜けた。潮騒が岩に砕ける。海のかけら達は空へと高く舞い上がり、疾走する総司を濡らした。総司は何事もなかったかのように家路に向かう。全てはよくある事なのだ。そう、全てはごくありふれた出来事なのだ。この地域の海は常に荒く、始終波しぶきが国道を濡らす。世界はいつものように過ぎ去っている。いつものように潮風に吹かれながら。いつものように天空には、高く高くかもめがシューシューと音を立てて旋回していた。

総司は見なれた景色を確かめながら、ありふれた日常に感謝した。ささやかな喜びが心の傷を癒した。そして笑みを浮かべた。何に対してかは分からなかった。とにかくいつも以上に眼にするものを楽しんだ。緩やかなカーブに差し掛かった。今まで視界に収まり切らなかった景色が広がった。ふと歩道に目をやるとジャージにTシャツ。ひさしのついた帽子を目深にかぶり、首にタオルを巻いて走る女性がいた。歳は総司と同じくらいか、少し年上に見えた。総司は自分の生まれ育った小さな町なので、歳の近い人なら大概見た事はある。しかし、全く見た事のない女性だった。

やや俯いていたその女性は、ふと顔を上げた。汗がきらきらと光った。顔はすっきりとしたシャープな顔立ちで、色白のきれいな女性だった。目鼻はバランス良く配置され、なによりも眉間には知性の光が輝いていた。髪は、後ろで一つに束ねていた。とてもシンプルではあったが、飾らない、あるがままの美しさが、真実の美しさと溶け合い特別な光を発していた。彼女は立ち止まり足踏みをしたまま、大海原に向かって目を細めていた。

総司は美しいと思った。どこがどう美しいかは、うまく表現できないが、ただ、美しいという事を、心から認める事ができた。心の奥底から込み上げる感情と情熱に理屈なんてないのだ。総司は話しかけたい衝動にかられた。声が聞きたかったのだろうか。そういうわけではない。彼女に対して何か大きなものを感じた。

この人は今の俺を受け止めてくれるのではないだろうか？

そういった根拠のない直感がはたらいた。総司はバイクを止め、ヘルメットを取ると、彼女に近づいた。彼女は足踏みをしながら、海に微笑んでいた。その横顔を見て総司は思った。

こんな美しい女性がいるんだ……。

しかし、いざ近づくと声が出なかった。彼女は総司の事を全く気にもとめていない様子だった。見ず知らずの女性にいきなり話しかけるのは初めてだった。

今声をかけなければ……。

彼女との距離は最短にまで縮まった。

今だ！　あれ……声がでない……。

総司はそのまま何もなかったように通り過ぎた。そうしているうちに彼女は再び走り出し、総司を追いぬいていった。

きっとまた会える……。きっと運命の人だ！

総司の心の闇は、彼女の姿によって払われた。彼女の姿を思い浮かべる時、どこにいたとしても心の暗雲は払われた。しかし、すぐにまた、暗雲はたれこめた。総司の心の空模様は、一瞬にして晴天にもなれば暴風雨にもなった。変りやすい心の天候は、若き青年にはあまりにも苛酷だった。

その日の夕方、しばらく無断欠勤をしていた権じいのもとに足を運ばせた。工場に入るなり、すぐ謝った。権じいは咎めることもなく、早く仕事をしろと言った。総司は権じいの優しさが心に染みた。その心にどうか報いようと必死で働いた。権じいは、夏休みということで、遅くまで働く事を大目に見てくれてはいたが、決まって「早く帰れ」と言った。

総司は「はい」と返事をしながらも夜遅くまで働いた。何もかもが無になる……。無になれる瞬間だった。そして家に帰り、布団に入ると誓った。

明日は早く起きて、彼女に会うんだ。そして、明日こそは話しかけるぞ。

総司はささやかな喜びを胸に眠った。

前日の疲れも感じさせぬまま、総司は朝日と共に起き、身だしなみを整え、昨日彼女に会ったところまでバイクを走らせた。同じ時間の同じ場所に彼女は足踏みをして微笑んでいた。

今日こそは……今日こそは……。

しかし、昨日と同じ光景が繰り返された。つまり、ただの一歩も近づく事はできなかった。さすがに総司も自分自身の情けなさが嫌になった。

俺はだめ男だ……。まるでだめ男だ……。

何もできない総司だった。ただ、彼女の姿を認めると、彼女の姿を思い浮かべると、なぜだか心が蘇るのを感じた。

これでいい。これでいいじゃないか。俺にはこれで十分だよ……。

その甘美な独り善がりな幸福に酔いしれると、総司はそのまま大成のいる病院へとバイクを走らせた。病院へと続く道から、大成のいる病室を見た。またあの悪夢が蘇った。総司は、自分の犯した罪をいつまでも自分の心に刻むかのように、じっと大成の病室を眺めやった。

大成……。大成……。ごめんな……。俺、どうしたらいい？　俺はどうしたらいいんだい？　教えてくれよ昔みたいに……。大成……。

日が傾くとバイトに行った。帰ってくると明日の事を思った。彼女の姿を思い浮かべると、生きる力が湧いてきた。そして明日の近づくきっかけのイメージトレーニングをした。「あの……。あの……。」こんな感じだな。「あの」から入ればあとは何とでもなる！　第一声が勝負だ！　よし！　明日こそ！

次の日の朝。彼女のいる場所へと向かった。

いた。やはりいた。今日こそは！　いつものように高貴なる横顔に近づいた。至近距離だ。今しかない！　しかし、緊張で声が出ない……。俺の心が俺の邪魔をする。今日もだめなのか……。

「あの。」

麗しき声が響いた。その声は総司の声ではなかった。凛とした力強い声だった。奇跡が起きた。彼女が声をかけてくれたのだ。こんな事は一生に一度しかないであろう。

「最近よく会いませんか？」

あっけらかんとした声だ。彼女は総司と向かい合い、滴る汗をタオルで拭いながら、足踏みをしたまま尋ねた。

総司はおどおどと答えた。

「はい……。三日前から。」

彼女の明るい声が響く。

「あら、気づいてらしたのね。朝ランニングを始めてから、ここで人に会うのはあなたが初めてよ。地元の人かしら？」

「はい……。あの……、あまりお見受けしない方のような気がしますが、地元ではないですよね？」

「はい。最近事情があって、大学を辞めて、母と二人でこの海辺の町に引っ越してきたのよ。」

「道理で、あまりお見受けしないと思ったら。」

総司の敬語は更にひどさを増した。

「あはは。そんな敬語はやめて。せっかくお知り合いになったのですから。あ、私も堅苦しくなっちゃった。あはは。」

思わず総司も笑った。少し落ち着きを取り戻した。

やはり思ったとおり素敵な人だ。

彼女は続けて話した。

「私この町に来て、お友達が一人もいないの。まったく知らない町だから。まさか同世代の人と知り合いになれるとは思わなかったわ。あ！　自己紹介してなかったわね。百合といいます。白百合の百合ね。よろしくね。」

「総司といいます。いや、総司だよ。」

堅苦しい言葉を訂正するために、砕けすぎて変な挨拶になった。

「総司君ね。よろしくね。見た感じ高校生っぽいね。」

「うん。高三だよ。」

「そっか。じゃあ私の一つ下ね。よろしく！」

「よろしく。」

「そろそろ私行くね。私はあの丘の上の小さな家に住んでいるのよ。今度遊びに来てね。」

「うん。」

走り去る百合。その後ろ姿を恍惚と眺めやる総司。百合は足を止め振り返った。思いがけない瞬間の美が光った。

「あ！　総司君！　今度この辺案内してよ！　よろしくね。」

「うん！」

二人は別れた。この忘れがたき邂逅が、永遠へと続く最初の一滴だった。

そして、総司はその淡い夢から覚めると、大成の病室を見つめに行くという毎日の日課を果たした。


総司の人生は変わった。全てが喜びに満ちていた。彼女を思えばどんな困難にも挑める気がした。世界は何も変わっていないのに、全てが違って見えた。どこにいても百合の事を思った。彼女がこの花を見たらなんて言うだろうか。彼女があのネコのあくびを見たらなんて言うだろうか。見るもの全てを彼女と結び付けていた。総司はたとえ一人でいたとしても、心はいつも彼女と一緒だった。ただ一つ、心に消す事のできない傷を残したまま。

魔法は、まず朝を変えた。見る物全てを変えた。そして、総司はその魔法にかけられたままゝ、独り善がりの歓喜の再会を果たした。この日は総司のほうが早く着いていた。息を切らして、真珠のような汗を振りまいて近づく彼女を抱き締めたくなった。そんな勝手な衝動を誰も許してはくれまい。総司は溢れる情熱を抑えて言った。

「おはよう。」

「おはよう。」

息を切らせながら百合は言った。

「今日は負けちゃったね。三勝一敗だ！」

勝負してたのかよ！

心で突っ込む総司。そんな砕けた雰囲気に乗せられ、総司は軽く疑問を投げかけた。

「なんでそんなに走るの？　俺、バイク乗るし、走るの大っ嫌いだよ。」

やや息を切らせながら、百合は答えた。

「うん。私もそうだった。でも、なんかね、今は走れる事がうれしいの。だって、せっかく足があるのに使わないなんてもったいないじゃない。」

「でもバイクならもっと遠くまで行けるよ。」

「たしかにね。でも、私は遠くに行きたいわけではないの。なんていうのかなぁ……。生きてるって感じたいのかな……。」

「生きてるか……。」

百合の呼吸はほぼ整っていた。

「それにね、私には夢があるの。」

「どんな?」

「私ね、どんな山でもいいから、できるだけ大きな山を登頂してみたいの! そして頂上から自分の力で勝ち取ったものを見つめるの。どう? いいでしょ?」

「あはは。ずいぶん控えめな夢だねぇ。」

「総司君にとって控えめでも私にとっては大きな夢よ。絶対かなえてみせるわ。そのために今足を鍛えているの。」

そう言い終わると、百合は自分の細い足をパンパンと軽くたたいた。

「ふーん。」

総司は百合の情熱に気おされた形で返答した。百合のことを理解したわけではないが、今あるもの、素朴なものを素直に愛する事ができる彼女の魅力にますます引かれていった。

恋は見るもの全てを黄金に変える。もしこの世に錬金術師がいるのなら、きっと恋に落ちた者の心の中にいるのであろう。総司は、うっとりとした気持ちの中で、何か自分にできる事はないかと探した。

「俺、バイクあるからいつでも連れてってあげるから。遠慮しないで言ってね。」

「ありがとう！　明日はなんか予定ある？」

「夕方からバイトがあるくらいかな。」

「じゃあ明日、朝のランニングのあと家に遊びに来ない？　お母さんにも言っとくから。」

思いがけない百合からの提案に、驚きのあまり無表情で答えた。

「うん。是非。」

二人は別れた。総司はなぜもっと喜びを前面に出せなかったのかと後悔したが、深く彼女の事を知る事ができる喜びで有頂天になった。総司の頭の中は妄想が妄想を呼び、百合の部屋を頭の中でくまなくイメージしてしまっていた。

約束の日は、約束どおり訪れた。二人はいつもの場所で落ち合うと、総司は用事があるため後で行く事を百合に伝え、自分は大成の病室を眺めに行った。総司はこんな事しかできないが、こんな事を続ける事で心を平静に保っていた。

遅れて百合の家を訪ねた。花の咲いた小丘は、さまざまな色に彩られ、華やかな社交界のようだった。家はコテージのような作りで、部屋数はあまりないように思えた。呼び鈴を鳴らすと百合の母親が出迎えた。

「はじめまして。あなたが総司さんね。娘から聞いたわ。聞いていたとおり、素敵な方じゃない。」

初対面とは思えない気さくな対応だった。苦労の中で歳を重ねた事が、声の深みとなって伝わってきた。その中には、悲壮感ではなく、たくましく楽観的な雰囲気があった。そして、この愛する女性の母親から、人生の暗さなどまるでない、底抜けの明るさを感じ取り、その娘もまた、大切なものを受け継いでいる事を感じ取った。

母はとても知性的な顔立ちで、百合の面影を残していた。いや、百合が母の面影を残しているると言ったほうが正確かもしれないが、総司にとっては全ての基準が百合であった。それはあたかも、百合があって世界があるように。

「は……はじめまして。総司といいます。」

緊張の面持ちで挨拶を交わした。

「さぁさぁ、入ってください。」

母は旧知の友を迎え入れるようにして部屋に招いた。

全て木で作られたこの家はぬくもりがあり、別荘に来たような開放感があった。総司は短い廊下を歩きリビングへと案内された。

リビングは一目で手作りと分かる素敵な装飾品で飾られていた。余分なものはあまりなく、中央に四、五人で囲めるテーブルと椅子があった。壁には大きな出窓があり、そこからは、広々とした海と木々の風景が開けていた。庭には大きな銀杏の木が寂しげに一本立っていた。その出窓のすぐ横に大きな籐のソファがあった。出窓にはさまざまなジャンルの書物があり、総司には何の本なのかさっぱり分からなかったが、百合がこのソファに腰掛けて、外を眺めやりながら読書にふける姿が容易に想像できた。

総司は出窓からの景色がよく見える席に案内された。総司は緊張しながらも愛する女性がどんな暮らしをしているのかを少しでも想像したいがために、落ち着かない態度で部屋中を眺め、愛する者の面影を探した。そんな落ち着かない総司を気にとめる様子もなく母は言った。

「朝御飯を作りますから、食べて下さいな。」

とても優しい言葉の中にユーモラスな響きが込められていた。

「あ……はい。」

戸惑ったように総司が答えると、母は「返事は初めから決まっているのよ。」と言わんばかりに、何の迷いもなくキッチンに向かった。キッチンに入ると、姿の見えないところから総司に声をかけた。

「百合は今シャワーを浴びているから、もうすぐ来ますよ。」

程なくするとスープとチーズの焼ける匂いがしてきた。その匂いと同時に奥の扉が開いた。シャワーを浴びて着替えをした百合だった。彼女は薄い水色のシャツと、白地に裾のほうで弧を描くように花柄のレースをあしらったロングスカートをはいていた。百合は光に照らされて一段と美しかった。ジャージ姿の百合しか知らない総司は新たなる彼女の魅力に引き込まれた。

百合はいつものように柔らかな微笑をもって、

「ようこそ。よく来てくれたわね。本当にうれしいわ。」

と挨拶し、総司の向かいの席に座った。

窓から差し込む薄い朝の光が、彼女を特別な存在に浮かび上がらせていた。微笑む彼女を見て総司は思った。

なんて美しいんだろう。いつまでも一緒にいられたら……。

総司は恍惚の中で言葉を失い、ただ百合の瞳を見つめ続けていた。二人の沈黙を破るように百合の母がキッチンから出てきた。

「できたわよ。」

明るく力強い声は総司を現実に引き戻した。

ハムエッグとチーズをのせて焼いたトースト。それからミネストローネといったシンプルな料理が並べられた。子供の頃から家族で朝食をとった事のない総司にとっては新鮮であり、緊張する時間であった。しかし、百合と百合の母は、総司の緊張など気にもとめないで矢継ぎ早に質問した。学校の事、好きなバイクの事、趣味の事。総司はその一つ一つに丁寧に答えた。話が進路に及ぶ頃に、スープを飲み終えた。おかわりを聞かれ、総司はもう一杯いただく事にした。

総司は進路について全く考えていない自分に気づき、百合に尋ねた。

「大学ってどんなところ?」

「うーん。私も少ししかいなかったからなんとも言えないけど、探求するところじゃないかな。」

「探求……。」

百合は再び総司の瞳の奥に視線を向け、言葉を継いだ。

「うん。私だって当たり前だけど、全ての答えを知っているわけではないわ。そんな人、この世にいるだなんて思えない。でも、探求する事は誰にでもできると思うの。なんで生きているのか、とか、どうして人を愛するのかとか、いろんな謎が人生にはあるでしょ。その中で、厳然と何かがあると思うの。人間の存在価値ってものが。私の存在価値、あなたの存在価値、そこに咲く花の存在価値。」

そう言うと、百合は花瓶にきれいに飾られた、色とりどりの生花を指差した。

「そして一つ一つの出会いの意味。全てに答えがあると思うの。その答えは降ってくるものではなく、ただ自分が探求する中で摑み取っていくものだと思うの。その不思議な人間の存在を探求するところが大学じゃないかしら。そのためにいろんな学問があって、それを通して自分自身を追求しているんじゃないかな。」

総司は百合の声にうっとりとしながらも、意識を少しでも理解する事に集中しようと聞き入った。

「そうか……。」

総司は百合の言っている事が難しくてよく分からなかった。ただ、今まで大学なんて時間つぶしに行くところだと、勝手に悪く考え卑屈になっていた自分に気がついた。また、勉強自体を、世の中に出れば役に立たないものだと軽視していた自分が愚かしくさえ思えた。

「総司君も何か好きなものを見つけて大学に行くといいわ。今なら通信教育でも、働きながらでも勉強はできるものよ。」

「そうか……。」

総司はふと視線を落として考え込んだ。少しすると、ゆっくりと顔を上げ、百合に尋ねた。

「百合はなんで大学を辞めたの?」

百合は率直な総司の質問に微笑を浮かべ答えた。

「時間がなくなっちゃったの。時間が。今までは、自分が描いたとおりにまっすぐに道が開けていたの。それで、日が暮れるまでにあそこに行こうとか目標を決めてたの。でもね、一日は二十四時間って言うけど、実際はそうではなかった。勝手に自分で二十四時間って決めてたの。本当は自分が思っていたよりもずっと短かったの。二十四時間って短かったの。」

言い知れぬ恐怖が総司の胸をよぎった。しかし、百合の明るい微笑と力強い声を聞いていると、自分の勝手な空想がばからしいものにも思えた。百合は続けた。

「でもね、自分の思い描いたとおりの道を歩く事だけが道じゃないのよ。結局どの道を行ったとしても、自分の存在価値は探求できるわ。今いる場所で、今歩いている道で、そよ風を楽しみ、花を眺めて、木漏れ日に感謝する。その中で私は、私の生きた足跡を残してみせるわ。」

力強く夢を語る百合は、いっそう光を放って見えた。

「人は、どこにいても生きていけるわ……。」

百合は呟くようにして話を終えた。

しばらくの沈黙の後、総司は朝食の御礼と共に、心からおいしかった事を伝えた。すると百合は立ち上がり、リビングの脇にあるピアノに座った。

「お友達になってくれたお礼に、なにか弾くわ。」

と百合は少し恥ずかしげに言った。文化的な話題には不慣れな総司は、面食らったように黙っていた。百合は重ねて言った。

「リクエストはある？」

総司はクラシックなどほとんど知らなかった。しかし、何か言わねばと思い、脳をフル回転させ、ようやく、

「エリーゼのために。」

とだけ言った。

「分かったわ。それなら弾けるわ。簡単なので良かった。」

そう言うと百合は鍵盤の上に細く長い指を優しく置き、静かに奏でた。

総司は愛する人の奏でるメロディに酔いしれた。愛する人の指が動くたびに発せられる音が特別な音に聞こえた。彼女の言葉にできない感情が全て詰まっているように感じた。時に愛していると言ったかと思うと、時にさよならを告げられているように思えた。美しい旋律の波は、総司に初めて恋の愛撫を教えた。その初めての経験は、総司に意外な感情を呼び起こさせた。喜びと悲しみ、複雑な感情が怒濤となって総司の中に流れ込んだ。その激流のごとき見えない圧力は、大成との全てを思い出させた。総司の瞳からとめどもなく涙が流れた。複雑に入り混じった感情が涙の理由を分からなくしていた。快楽と苦痛の鼓動が、血管を揺さぶった。

感情の混沌の中、演奏が終わった。

演奏を終え、静かに顔を上げた百合は、総司を見ると驚いたように声をあげた。

「総司君……。どうしたの？」

総司は顔を伏せたまま涙を拭い、

「すばらしかった……。感動しました。」

とだけ残して立ち去った。

百合の母は玄関まで見送った。百合は外まで出て、また明日会うことを約束した。総司は無言でバイクにまたがり走り去った。バックミラーにはいつまでも笑顔で手を振る百合が映っていた。総司は百合の姿が見えなくなるとさらに涙が溢れた。複雑に混じり合う、興奮の波が心をかき乱した。総司はそのまま大成の病院へと向かった。

大成の病室の前に立った。

もう一度、もう一度謝りたい。きっといつか分かってくれる。そして証明したい。俺達の友情は崩れてやしない事を。

総司は深呼吸をし、思い切ってドアを開けた。大成は開け放たれた窓を背にし、一面白の世界の中でベッドに座っていた。下半身にだけ布団をかけ、目は宙をさまよい、何か呪文のような言葉を口ずさむかのように、声も出さず口を小さく動かしていた。総司が入ってきても全く気づいていない様子だった。

ベッドの脇では女性の看護師が一生懸命話しかけていた。

「大成君。リハビリしましょ。動くようにならなくっても、一人で身の回りの事ができるようにならないといけないでしょ。いつまでもお母さんも元気なわけではないんだから。あら、大成君、めずらしい。お友達が来たわよ。」

総司はベッドの脇に立つと、大成の肩を両手で摑みながら言った。

「大成、俺だよ。総司だよ。ごめんな……。ごめんな……。」

そう言うとこらえていた感情が爆発して号泣した。

「ごめん……。ごめ……。」

看護師は少し困惑した様子で、

「あらあら、せっかくのお見舞いなんだから、励ましてくださいよ。」

と子供をあやすように言った。

総司は顔を上げ、看護師に大成の状況を聞いた。

彼女は、率直に話してくれた。大成はできる治療は全て終えたが、精神状態が不安定で、一切言葉を話さない。ただ一日中宙を見ている生活であり、本来リハビリをして社会復帰の準備をしなくてはいけないのだが、全く反応がないとの事だった。

総司は改めて自責の念にかられた。体からは力がなくなり大成の膝元にしがみつき、

「大成……。大成……。こっちを見てよ。」

と呼びかけた。

そのとき、大成の後ろの開け放たれた窓から風が入ってきた。新たに病室のドアを開けることにより、風通しが良くなって入った一瞬の風であった。

「誰……。」

その言葉に総司が振り返るとそこには大成の母親がいた。大成の母親は総司と目が合うなり、顔は見る見るうちに憎しみでいっぱいになり、ヒステリックに叫んだ。

「この男を出してください。この男が大成をこんな姿にしたんです。早く！」

総司はゆっくりと立ち上がり一礼すると、かすかな声で、

「すみません。」

と言い静かに立ち去った。

ドアを閉めると狂ったような叫び声と共に、ドアに向かって花瓶を投げつけ、その花瓶がこなごなに砕ける音がした。その後は母親をなだめる看護師の声がした。

新しい太陽が昇ると、総司は百合よりも早く待ち合わせ場所にいた。程なくランニングをする百合が近づいて来た。

「おはよう！」

いつものように百合は明るかった。

「おはよう。」

総司も百合につられるようにして明るく答えた。総司は百合の笑顔に出会うと、どんな悲しい事も吹き飛んだ。そして、必ず笑ってしまうのだった。何もおかしな事などないのに。

「やるわね。三勝二敗よ。」

と百合はおどけてみせた。総司にとって、百合の全ての行為が完璧に見えた。総司はめずらしく自分から誘った。

「今日は少し一緒に歩かない？」

「うん。いいわよ。」

二人は波打ち際を歩いた。

「昨日はごめん。」

「いいえ。気にしなくっていいのよ。」

「ありがとう。あの時は……」

総司の言葉を遮るように百合は言葉を継いだ。

「誰もが、いろんな思いを抱いて生きているんだもの。」

「うん。君のピアノを聴いて、喜びも悲しみも同時に溢れてきて、なんだか分からないうちに涙が止まらなくて。」

「ねぇ、総司君。もしね、いつか、私が総司君にとっての喜びも悲しみも打ち明けられる友達になれたら、そのときは続きを話してね。」

総司は、友達という響きに違和感を感じながらも頷いた。

「百合は、人に言えないような悲しい事ってある?」

「うーん。悲しい事はたくさんあるけど、人に言えない事はないなぁ。ただ、人に言わない方がいいと思う悲しい事はあるかな。」

「そうか……。」

「私もね、私なりに辛い事はある。でもね、幸せな事もたくさんある。こうして波の音を静かに聞く幸せ。水平線の向こうを想像する幸せ。そして、悩める友の傍に寄り添える幸せ。今は当たり前の事ができる事がとても幸せなの。でもね、本当に私を支えてくれているのは、希望なの。明日への希望。」

「希望か……。じゃあ、もし、取り返しのつかない過ちを犯したなら。」

「取り返しのつかない過ちね。私もそんな過ちを犯すかもしれないわね。たしかに、どうにもならない事ってあると思う。なぜ自分がこんな運命をたどるのだろうって、神様を呪いたくなる事ってあると思う。でもね、どんな過ちも、真心があれば、かならず希望は生まれると思うわ。希望って絶対あると思う。なければ作っちゃえばいいじゃない。若いんだもの。無いものを悲しむ前に作っちゃえばいいじゃない。」

「希望か……。」

暫く俯いていたが、顔を上げると総司は静かに語り始めた。

「俺……。」

大成との出会い。大成をバイクの世界に引き込んだ事。親に内緒で免許を取らせ、事故を起こした事。大成は今下半身不随で何の気力もないまま、リハビリさえしないで入院しているという事。そして、二人の友情はもろくも崩れ、お見舞いにさえ行けない状態である事。

一部始終を聞き終えた百合は、悲しみを全て胸に秘めた、押し殺すような声で答えた。

「とても……とても悲しい出来事ね。」

百合の顔はいつになく暗く、重い表情であった。

「でもね、希望はあるのよ。道は必ずあるのよ。なければ作ればいいんだから。今できる事を精一杯やればいいのよ。」

百合の答えはあまりにもシンプルであった。しかし、その素朴さの中に、総司の思いを自分の思いにしようとする真心が込められていた。総司はその真心がうれしかった。言葉以上に、百合の心が総司の心を射ぬいていた。愛する人の真心が、総司の心に希望の光をもたらした。それは、蛹から孵《かえ》った蝶が胸に抱くそれに似ていた。


この日を境に二人は率直にいろいろな話をするようになった。時に百合は突拍子もない、くだらない話をした。

「パンダはあんなにゆっくりで、よくこの生存競争の激しい、弱肉強食の世界を生き抜けたかと思うわ。ありえないわ。何を武器にしたのかしら。」

「う……ん。隠れるのがうまかったのかなぁ？」

「かもね。でも私は違うと思うわ。あの愛らしさを武器にしたんだわ。だって可愛いもん。あれじゃ狂暴な動物達も、あの百獣の王だって、パンダににこってされたら何もできなくなっちゃうわよ。そうでしょ？」

「……」

固まっている総司を全く気にしないで話は進んでいく。

「可愛いってずるいわ。」

「……」

「もしくは裏の顔があるのかしら。あの可愛い目がつり上がって……。きゃー、想像するだけでも恐ろしい！」

真剣に話す百合に圧倒されていた総司だが、ついに耐え切れず大爆笑した。

ある時は総司の昔の恋の話に及んだ。

「俺は好きな人ができても話す事も、目を合わす事もできなかったなぁ。ていうか、女の子よりもサッカーや野球やってるほうが楽しかったな。」

「あははは。総司君ってそんな感じがする。」

二人は会話を紡げば紡ぐほど、お互いの存在も美しく繋ぎ合わされていった。

二人は雨の日も同じ場所で待ち合わせた。総司は夏の心地よい雨に打たれるがままに百合を待った。百合は雨具を着て走ってきた。雫に包まれた百合は、濡れた花のように柔らかな香りに包まれていた。

「雨の日は来なくっていいのに。風邪引くでしょ。ばかねぇ。」

「夏の雨は気持ちいいんだよ。」

百合は笑った。総司も引き込まれるように笑った。

また、総司はお昼過ぎまでの時間を百合の家で過ごす事が多くなっていた。朝食を食べた後は、百合のピアノを聴いたり、百合の好きな詩を朗読したりして過ごした。総司は今まで、クラシックを聴いたことも本さえも読んだことがなかったが、百合の好きなものという事だけで必死に学んだ。そして、百合もこの若い青年に自分の持っている全てを伝えるかのように、丁寧に話して聞かせた。

百合は思った事を自由自在に話した。時にフランス文学の話をしたかと思うと、いつのまにかナポレオンの話に転じていることもしばしばであった。また、教育に対する持論を展開したかと思うと、将来は小学校の先生になりたいという夢を語ったりした。総司は一つ一つの言葉を追いかけるのに精一杯であったが、一言も聞き漏らすまいとした。そして昼過ぎに百合の家を出ると、図書館に向かい百合の語った事柄の一つ一つを調べた。

そして、夕方からは権じいのもとにバイトに出かけた。こういった生活の中でも大成の病院を遠くから見舞いに行くことも欠かさなかった。

総司は百合に出会い、今までにない自分を創り出していた。百合の好きなものを分かりたいという一心で学んでいたが、総司自身の気持ちにも張りを与え、生き生きと輝き出していた。


ある日、バイトが終わった夕暮れどき、工場の裏の海を見渡せる丘に、権じいと二人で座った。仕事を一段落させ、心地よい疲れを感じながら、風に吹かれていた。権じいは総司に缶コーラをポイと投げ渡すと、自分の五〇〇ml缶のビールの栓をあけ、ぐびぐびと飲んだ。総司もいただきますと言いコーラを口にした。

これまでも権じいとはいろいろ話す事はあった。しかし、八十は過ぎているであろうが独り者と思われる老爺の、本質にかかわる事は何も知らないでいた。結婚はしていたのか、子供はいるかなど、あまりにも何も語らない権じいに対して、何か聞いてはいけないような地雷を踏んでしまいそうな気がして、気後れしていた。この時は大成の事や仕事の事など打ちあけていた。少しぐらい権じいの事を聞いても失礼ではないのではないかという気持ちが総司には芽生え始めていた。やや遠慮がちに、持ち前の気さくさで語りかけた。

「権じいも若い頃は恋をしたの？」

「うわっはっはっは。」

意外にも権じいは大笑いした。日頃無表情の権じいには珍しかった。

「総司よ。お前はこの老人に若い頃があったことさえ疑ってるな？　俺にも若い頃はあったよ。恋はいつの時代も変わらない、何一つ変わらない試練だよ。」

権じいはそう言い終わると総司の方を見て言った。

「恋をしてるのか？」

無防備だった総司は思わず頷いた。

「初めてか？」

「今まで人を好きになった事はある。でも、こんな気持ち初めてなんだ。」

「そっかぁ、よいなぁ。一つ一つの恋に意味を見つけるんだよ。恋は数じゃねぇからな。貫けよ。」

予想もしない展開に気が動転した総司は、ミイラ取りがミイラになったようにあたふたとしていた。ただ総司はこの短い会話で、より一層権じいと近くなった気がした。

こうしてひと夏が終わりに近づいてきた。蝉の鳴き声も弱まり、日差しも弱まってきたように感じた。それでも総司にとって変わりのない朝は訪れた。総司はいつものように百合との待ち合わせ場所に向かった。約束の時間が近づくと総司はいつも百合が来る方角を見た。緩やかな坂を少しずつ上ってくる彼女を想像した。

早く来ないかなぁ。

いつもの時間になっても彼女は来ない。

どうしたんだろう。

いつも時間どおりに来るので、このわずか五分が長く感じた。

総司の頭はわずか五分で判断を下した。

おかしい。

総司は大成の事故を思い起こした。

まさか。

恐怖が身の毛を逆立たせた。総司はバイクにまたがると百合のランニングコースをたどった。人影を見るたびに百合と見間違え、一喜一憂した。

いない……。でも事故の様子もないな。

総司は百合の家に着くと、ちょうど母親が出てきた。

「あら、総司君。」

何事もなかったかのような明るい声だ。

「今日、百合さんは？」

「あぁ、ごめんなさい。昨晩体調を崩してね、今入院してるの。今晩には退院すると思うわ。」

百合の母親のいつもと変わらない振る舞いに、総司は少し落ち着きを取り戻した。

「百合さん、どうしたんですか？」

「あの子、ちょっと貧血気味でね。よく倒れるのよ。でも大丈夫だから、安心してね。」

「そうですか。お見舞いに行ってもいいですか。」

「あらやだ。貧血で顔色の悪いところを見られるのはきっと嫌だと思うから、もう少し待ってね。朝のランニングはすぐには無理かもしれないけど、あの子はきっとまた走るから。それまでね。」

百合の母親の包み込むような優しさは総司を完全に覆い尽くしていた。

明くる日も百合は来なかった。総司はいつものように大成の病院の前を走り抜け、百合の家へ向かった。呼び鈴を鳴らすと即座に百合が出てきた。

「バイクの音がしたから、総司君だと思ったわ。」

「大丈夫だった？」

「うん。ちょっとした貧血。よくあるのよね。」

「そうか……。心配したよ。」

「ごめんね。でももう大丈夫よ。さぁ上がって。」

百合の顔色は決して良いとは言えなかった。それでも笑顔を絶やす事はなかった。

総司はたった一日会えないだけで、百合が遠くに行ってしまったような気がしていた。

リビングに行くと、百合はいつもの籐の椅子にもたれかかるようにして座った。百合がその椅子に座るとき、総司は決まって、百合の足元に座り込むのだった。そして、百合は決まって出窓にあるお気に入りの詩集を手に取った。しかし、この日は百合が詩集を取ろうとすると、総司は即座に立ち上がり、自分が取る事を伝えた。総司はシェリーの詩集を手に取ると百合に手渡した。一瞬百合の手が触れた。全身に稲妻が走った。彼女の手に触れるのはこれが初めてであった。一瞬であったが、時が止まり、この瞬間を永遠に心に刻んだ。

この日は総司が詩を朗読した。

百合はいつになく悲しげであったが、その中に微笑という光を発していた。しかし、その灯火がより悲しく見えた。

朗読するうちに総司の気持ちは詩と一体化していった。声が総司の気持ちをそのまま表していた。美しい言葉に包まれた詩句の数々が部屋に充満した。そして、時に、百合をじっと見つめた。百合はその視線に気づいていたが、決して目を合わせることはなかった。そのたびに総司は心で叫んだ。

愛してる。愛してる。ただあなたを愛しています。

総司にとってはいくら美しい詩の数々を読み上げても、自分の言葉にすると素朴な愛の言葉しか紡ぎ出せないでいた。

どんなに心で叫んでみても決して応えようとしない百合。

なぜ？　受け入れてください。その瞳で一瞬でいいから俺を見つめてください。

総司が視線を本に移し朗読に集中すると、百合はじっと総司を見つめた。総司がふと百合に目を向けると、百合はもう窓のほうに視線を向けている。この繰り返しだった。

総司は届かない恋心に心で泣いた。

しばらくして、総司は朗読を止めると膝を抱えて、百合と一緒に窓の向こうを眺めた。二人の空間は静かに何かの終わりを待っているかのようだった。

百合は沈黙を破って小さな声で言った。

「夏が終わるわね。蟬が遠いもの。」

「うん。」

総司は沈んだ心を抱えて百合の家を後にした。

長い夜を越えた。再び総司が百合をお見舞いに訪れると百合は、今日は用事がある事を総司に告げた。その日、総司は百合と過ごすことはできなかった。総司にとっては長く寂しい一日になった。その寂しさを埋めるように図書館に行き、詩を読み、音楽について学んだ。

その日、総司を帰した百合は、一人病院を訪れた。真っ白なふんわりとした余裕のあるワンピースに、優しそうな丸い白い日傘をさし、ひさしの大きな丸い帽子をかぶった彼女は、あの印象派の巨匠モネの絵画に出てきそうなほどに美しかった。

病院に着くと日傘を静かにしまい、迷うことなく階段を上った。そして、廊下の一番奥にある病室の前へと行き、開け放たれた扉を抜けた。

病室へ入ると、窓際のベッドへと近づいた。ベッドには一人の青年がいた。口は閉じられてはいたが、ボーっと窓の外を眺めていた。喜びも悲しみもない、沈黙の空間であった。青年は百合の存在に何の反応も示さなかった。

百合は帽子をとると、沈滞した空気に流れを与えた。

「あなたが、総司君のお友達の大成君ね。」

大成は無表情のまま百合のほうにわずかに顔を向けた。続けて百合は言葉を発した。

「はじめまして、私は総司君の友達の百合といいます。お会いできてうれしいですわ。」

大成は、まるで他人事のように無反応で、再び窓の外に視線をやると呆然と遠くを凝視していた。

「あなたの事は総司君から聞きました。あっ、初めに言っておきますが、総司君に言われて来たわけでもないし、彼の弁解のために来たわけでもない。彼を許してなんて言わないわ。もちろんあなたを救うために来たなんてえらそうな事も言うつもりはないわ。ただ、私は、自分のために来たの。おせっかいと言われてもいい。迷惑かもしれない。ただ、自分のために来たの。」

ここまで一息に言うと、少し息を継いだ。大成はその間ぴくりとも動こうとしなかった。まるで言葉とは何の力も持たない無力な吐息でしかないと言わんばかりに。

百合はそんな大成の発する冷たい空気など気にもとめずに自分のリズムを守った。いや、守ろうとした。

「おせっかいだなんて思わないで。私は一人の女として、いえ、人間としてあなたに会いたかっただけよ。」

百合はじっと大成を凝視した。

「あなたはまだ若く、希望があるわ。どうか、希望を……。」

その時、遮るように大成は叫んだ。鋭い目つきは百合を呪い殺そうとしているかのようだ。その声は金切り声のようにかん高い。

「そんなありふれた言葉はいらない。僕はもう歩けないんだ。もう一人では生きていけないんだ。僕は、僕は、この世の中のただのお荷物なんだ……。なんで君に僕の苦しみが分かるんだ。」

大成は頭を抱え、呻くようにして言った。

「希望が何だ……。希望はどこにあるんだ。どこかにあったとしても、僕には希望を探しに行く足がないんだ。」

ここまで言うと大成は声をあげて泣いた。輝ける青春を失った青年の絶望の淵では、どんな光もかき消されるのであろうか。

百合は一瞬たりとも大成から目を逸らさずに言った。

「あるわ……。人は、どこにいても、あなたはあなたらしく咲く事ができるわ。見てあの花々を。」

百合は窓の外に見える花壇を見つめながら続けた。

「あの花達は自分がどこで咲くかなんて自分で決める事はできないわ。でもとっても素敵に咲いていているわ。まるで、自分が花開かないだなんて思った事もないみたいだわ。」

純粋なる瞳は花びらの奥深くを眺めやった。

「あの花はもっと日当たりの良いところに行きたいって思ってるのかしら。あの花にもう希望はないのかしら。きっとあるわ……。希望はすぐ傍にあるんだわ。私も、探してみようと思うの。命ある限り探してみるわ。前に前に……。

あきらめない事。歩みを止めないこと。それが、咲く事……。

あきらめない花。その花こそ本当に美しい花じゃないかしら。」

百合は俯く大成に向かって続けて言った。

「私は、生きて生きて生き抜くわ。どうか、またお会いしましょう。今日はあなたとお友達になりに来たんですよ。」

百合は大きな瞳いっぱいにためた涙がこぼれないようにゆっくりと手を差しのべた。大成は差しのべられた手を数秒見つめると、そのまま俯いた。百合は差しのべた手をひくと、ベッドのふちの手すりをぐっと握り締めた。祈るように。

「今日は私にとって、とっても素敵な一日でした。本当にありがとう。」

そう言い残すとにっこりと笑った。その微笑が必死で耐えていた涙を一気に零した。病室を出ると大成の母が戻ってきていた。百合は軽く会釈をして立ち去った。

母は怪訝な面持ちで大成に近づいた。すると俯いて泣いている大成を目にした。

「どうしたの？　大成。何があったの？　あの女なの？　何をされたの？」

大成はすすり泣くだけだった。

「あの女ね。何をされたの？　総司の仲間でしょ？　あの男ね。どこまでうちの子を苦しめるのかしら。許せない……。」

　母は憎悪に震えた。


　百合は自宅に戻るとぐったりとしてソファに横たわった。疲労が全身を覆い意識が遠のいた。しばらくして百合の母親が帰ってきた。ぐったりとした娘を見つけると、母は娘を抱きかかえた。

「百合。百合……。」

　叫び声がこだました。

「大丈夫よ……。少し疲れただけ。明日お医者さんに診てもらうわ。」

「今から行きましょう。」

　母は強い口調で言った。

　百合は救急車で運ばれた。病院に着き診察室に運ばれた。その姿を買い物に降りてきた大成の母が目撃した。

　あの人……さっきの……。病気なのね……。

　大成の母は復讐の時が来た事を悟った。思わずにやけた顔を抑える事もなく、百合の後を追った。

百合はよろめくようにして、母にもたれかかりながら、かかり付けの医師の診察室へ入った。

真っ白なひげをはやした老医師は、百合の全てを知り尽くした様子でベッドへ横たわらせた。

「無理をしちゃいかんと言ったろう……。」

百合はかすれた小さな声で言った。

「先生。私無理なんてしていないわ。できることを精一杯したのよ。」

母が笑った。

百合の足を優しく触りながら、険しい表情で医師は言った。

「急速に病状は悪化している。この前も話したとおり……。」

「先生。お願いします。どうぞありのままをお話しください。」

「ウイルスが完全にあなたの体を蝕もうとしている。あなたの健康な細胞を食い尽くそうとしている。今は足の細胞を食っておる。足を食い尽くせば今度は少しずつ上に上がってくるだろう。放っておけば全身はウイルスに蝕まれる。これまでも話した通りだ。」

「じゃあ……またあの薬を？」

「そうだ。そして、次が最後だよ。今まで何度も、ウイルスを殺すために、大量の薬を投与したが、いまだウイルスは死なずに残っている。これ以上この治療を行えば、ウイルスを殺す前に百合自身を殺す事になる。」

「いつ行いますか？」

「できるだけ早く。やるか？　またあの苦しみに耐えられるか？」

「はい。やります。」

「分かっているな。毎回話してはいるが、この薬はウイルスを殺すための薬ではあるが、身体の正常な細胞も殺す。もしかしたら、視覚、聴覚……五感のどこかが機能しなくなる事も十分にある。いいね。」

「十分に分かっています。この目も香りも、この足もいつ失っても後悔のないように生きてきました。ただ、一つやり残していることがあります。」

百合は最後におどけるようにして尋ねた。

「猶予をくださいな？」

「どのくらいだ？」

「三日間。明日、明後日、明々後日よ。」

「二日間にならんか？　二日でも遅いんだが……。」

「うーん。だめよ。やる事があるから。」

医師はおもむろに百合の足を摑んだ。

「みろ。この足を。所々黒ずんでるだろ。これはウイルスが食い散らかしている証拠だ。お前はよくも悲鳴を上げんな。普通この状態では歩くのも痛くてしょうがないはずだぞ。」

「あはは。私は生まれつき鈍感よ。」

その明るい声につられて、百合の母は話に入った。

「あなたは恋心にも鈍感だものね。」

百合と母は顔を見合わせて笑った。笑い声が響いた。

「なんという親子じゃ。まったく不治の病もお前達にかかると笑いのネタだなぁ。」

「ねぇ、先生。そういう事でよろしいでしょ？　三日後の夜にここに来ますわ。よろしくね。」

百合は「もう決まってしまった事よ」と言わんばかりに医師の意見を聞く様子もなく言ってのけた。親子とは、その精神構造において、極限的な部分で似通っているものだ。

「まったく……。」

医師の苦り切った顔がしぶしぶ了解した事を意味した。

しばらく横になり、点滴をうつとようやく歩けるようになった。百合はよろめきながら立ち上がると、家に帰ろうとした。それを見た医師は咎めるように言った。

「せめて今日はここで寝ていきなさい。」

「明日から忙しいから今日はもう帰ります。」

「そういう問題ではない。身体によくない。」

「ごめんなさい。先生のおっしゃる事はよく分かっています。でも私の身体は私が一番よく分かっています。時間が……。」

百合はこの時初めて悲しげな影を見せた。その影は医師の心を揺さぶった。

「元気に戻ってきなさい。」

そう言うと、医師は他の仕事に移った。

百合は母の腕にまつわりつくようにして歩いた。病室から出ると、ゆっくりと歩きながら、母に言った。

「私、本当に時間がないみたい……。ごめんね。お母さん。あとね、総司君には内緒にしてね。せっかく出会ったばかりなのに、心配かけるだけで終わるのは嫌だから。話す時はちゃんと私から話すから。」

母は何も言わずにただ頷いていた。そして、自分の腕を掴んでいる百合の両手を温かく包み込んだ。母の目に涙が光った。母は娘と総司のために泣いた。

「総司君。あの人は、あなたを……。」

「分かっているわ。分かっている……。分かっているのよ。」

百合の瞳から雫が零れた。自分のためではなく総司のために。

二人の会話を廊下の陰からそっと立ち聞きしている影があった。大成の母だった。大成の母は笑いを押し殺すようにしてその場を立ち去った。

その夜、仕事を終えた総司は、明日こそは百合に会えることを楽しみに布団に入ろうとしていた。その時電話が鳴った。

「もしもし……。」

「大成の母です。」

「あ……はい……。」

総司は思いがけぬ出来事に言葉を失った。しかし、すぐに気を取り直し、今こそ詫びるチャンスだと心を決めた。

「あの……あの……本当に申し訳なく思っております。」

「よくってよ。もう過ぎた事です。あなたのおかげで私の子供は二度と歩けなくなりました。」

「す……すみ……。」

「そんな言葉はいりません。あれだけ来ないでって言ったのに、あなたきれいなガールフレンドをうちの大成のところによこして、とても素敵な嫌がらせありがとうございました。」

「え……。」

総司は百合が大成に会いに行った事を知った。

「うちの大成、あなたの思惑通り大変落ち込んで泣いていましたわよ。よかったわね。あの子にはそんな恋は二度とできない体になったのですから。あはは。」

総司は予想外の展開に困惑していた。

「あなた知っているかしら？　あの方の事……。あの方が病院に運び込まれるのを見たわ。

もうそんなに長くはないみたいですわね。お可哀想に。もう歩けないようでしたけど。残念ですわね。もちろん恋人なら知ってらっしゃるでしょ。」

大成の母は若き心を手玉に取るように、もっとも残酷な沈黙で満たした。そして、その沈黙を老獪な心で味わった。総司は受話器を持ったまま何も考えられないでいた。ただ、今までの彼女との会話、最近の様子がめまぐるしく頭を駆け巡った。そして、あらゆることが、一本の糸になっていくのを感じた。

「あら……知らなかったのかしら？　ごめんなさい。余計なこと言って。改めて言うわ。もう二度と来ないで。」

ここで電話は切れた。

総司は呆然とし何も考えられないまま布団に入った。暗い天井を見つめたまま朝を迎えた。

夜が明けた。白々とした空は残酷な今日を告げているようだった。百合が来る時間の前から、約束の場所に向かった。夏の静かな海は、夏の気候とは裏腹に、恐ろしく冷たい海に見えた。寄せては返す波の一波一波が恐怖の宣告を告げる秒針であった。迫り来る波雲は、いつもより速く感じられた。

百合、早く元気な姿を見せてくれ。

総司は何度も何度も心で叫んだ。

早く、早く……。

無常にも時は過ぎた。幾度波は寄せては返しただろうか。どれだけの雲が総司の頭上を通り過ぎたであろうか。そして約束の時間が来た。彼女の姿はどこにもなかった。蒸し暑いはずの気体は冷たく凍りついた。照りつける太陽は、冷気を帯びていた。耳障りなダンプがいたずらにクラクションを鳴らした。

潮騒はいつになく唸り声を上げていた。総司は現実を受け入れられず、無為に時間を過ごした。恐怖が彼の動きを止めた。空を見上げた。青い空を背景に、白いかもめが舞っていた。

かもめよ……。どうか……この空も海も風も、夢だと言ってくれ……。夢でないなら夢に変えてくれ……。かもめよ……。

時を忘れ、かもめを見つめ続けた。太陽が高く上りきった時、旋回し舞い続けたかもめは突如として落下した。

危ない！

水面に激突する寸前で、かもめはUターンし、また空高く舞った。疾風に逆巻く波を越えて、滑るように飛ぶかもめに、総司は目を覚まされた。

行かなきゃ。行かなきゃ。白合が待っている。一人で寂しがっている……。

総司はバイクにまたがり百合のもとへ向かった。緩やかな坂を登り丘の上に建つ百合の家に着いた。いつものように呼び鈴を鳴らした。重々しげな木造の扉が開いた。

「総司君！」

明るい声が響いた。満面の笑みをたたえて出てくる百合。

「待ってたわ。きっと来てくれるって信じてたわよ。さぁ上がって。」

「うん……。」

二人はいつものリビングに行き、百合は総司とテーブル越しに座った。

「今日はね、総司君にお願いがあるの。」

「なに……？」

「あのね。山に登りたいの。」

「山に……。前言ってた……。」

「そうそう。いよいよ時が来たのよ。楽しみだわ。」

「体は？」

「全然大丈夫！　今しかないのよ！」

「いつ？」

「明日よ！　きっと晴れるわ。」

総司は答える事ができなかった。沈黙を破るようにして百合は語った。

「知ってる？　こんな事言った登山家がいるの。なぜ山に登るか。それはそこに山があるからだ、ってね。面白い人ね。でもなんかすごくよく分かるわよね。理屈にならない思いをどうにか言葉にしようとしたのね。そういう事ってきっとあると思うの。理屈じゃなくって、っていうか、理屈を述べればいくらでも言えるんだけど、本質はそうじゃなくって、理屈を越えたなんかこう……使命っていうのかしら……命を使わなくっちゃいけない事が人にはあると思うの。」

総司は百合の情熱に気おされるようにして言った。

「うん。明日……ね。明日行こうね……。」

「ありがとう。総司君なら絶対応援してくれるって思ったんだ。」

百合は喜びのあまり、思わずテーブル越しに抱きついた。百合の細い手が総司の体に巻きついた。総司は、「細い。なんて細いんだろう。」と思った。その感覚がより総司を恐怖に陥れた。同時に彼女がこんなに近くに来てくれたぬくもりを大事に抱きしめた。総司はそっと百合の体に手を回して抱きしめた。

「愛してる……。」

と言葉を口に出そうとすると、何かが詰まって声にならない。

伝えられない……。

そうこうしているうちに、百合は明るく総司の首から手を離し座り直した。

「うれしいわ。明日が待ち遠しいわ。あぁ、初めての遠足みたい。今日は眠れるかしら。それで、どの山にしようか迷ってるの。どこかいいところあるかしら？」

「うん……。この辺では希望ヶ岳なんかどうだろう？　あそこは初めての登山者にはちょうどいい山だって聞くし。」

「いいわね！　なんだか名前も素敵じゃない！　頂上から海は見えるかしら？」

「うん……。もちろんだよ。」

「じゃあそこに決定ね。明日は早起きしてね。朝六時に、あの場所でね。」

「うん。」

二人にとって、待ち合わせ場所を決めるには、わずかな言葉で十分だった。

総司の心は複雑に捻れたまま百合の家を後にした。

夕方バイトに行くと、権じいに、明日からしばらく休みをもらう事にした。権じいは一切理由は聞かなかった。遠ざかる総司の背中に向かって言った。

「まぁいつでも戻ってこいや。」

「うん。ありがとう。ちょっとだけ休むだけだよ。山登ってくるだけだからさぁ。」

「そうかぁ……。お前が山かぁ……。わっはっは。」

「うん。ずっと一緒にいたい人がいるんだ。」

「いいじゃないかぁ。」

総司はうれしそうに頷いた。権じいは我が子のように可愛がっている総司の微笑みが自分の事のようにうれしかった。総司の喜びがそのまま権じいの喜びであった。

権じいは自分の息子に語るように一言告げた。

「一途になぁ。」

陽はまた昇る。地上でどんなに悲しい事が起きていようとも、陽はまた昇る。この日もまた変わらず陽は昇った。

約束の時間、約束の場所に総司は向かった。そこにはすでに百合がいた。百合は登山用のリュックを背負い、素人の準備としては万全に見えた。

「おはよう。よく起きられたわね！　四勝二敗ね！」

「さぁ！　行きましょう！」

「う……うん。まぁいいかぁ。」

百合は総司のバイクの後ろにまたがった。二人は夏の早い朝の心地よい風を感じた。道はすいていて、太陽と一対一で対面しているような気がした。百合の細い腕が総司の腰をぐるりと取り囲んだ。総司は極力百合に負担をかけまいと、安全にゆっくりと走った。

二人は希望ヶ岳の麓に着いた。二人はバイクを降り、これから挑む山の頂を眺めやった。山は堂々とそびえ、空のブルーと混ざり合い、油絵のような美しさをたたえていた。しかし、頂は遠く、ほのかな霧がかかり、総司の心の隅にある弱い心を増幅させた。百合は言った。

「あんなにも遠くに感じる頂だって、一歩を踏み出せば確実にゴールに近づいているのだと思うと、今すぐにでも歩き出したくなるわね。」

「うん。そうだね。」

百合の一言は、総司の心の霧を晴らした。

二人は歩き出した。山の中を歩く事はとても新鮮で爽やかだった。さまざまな声色の鳥達が、微風に身を任せ、爽やかに歌った。時に木漏れ日が躍り、川の流れが飛沫を巻き上げ二人を楽しませた。倦む事のない一歩一歩であった。

途中、山道の脇から湧き水が流れ出していた。湧き水はパイプによって誰もがその恩恵を受ける事ができるようになっていた。ここまでは順調に来ていた二人だが、百合のほうに少し疲れが見え始めていたのでここで湧き水を飲む事にした。また、ちょうどいい頃合だったので、岩場に腰掛けお昼をとることにした。百合は自慢げに自作のおにぎりを取り出し、「これはシーチキン、これは鮭、これは梅……。」と一つ一つより分けていった。総司はうれしそうに百合のおにぎりを食べた。

食べ終えると二人はしばらく眼前の美しさに見とれていた。あらゆる音が美しい調べに聞こえた。滴り落ちる湧き水を眺めながら、総司は語った。

「俺は工場で働く一人の工員であり、名もなき高校生だよ。俺の一日一日はこの湧き水が滴る一雫一滴のようなものかもしれない。でも、たゆまず日々生き抜けば、必ず誰かの役に立てる日が来るのかもしれない。雫はいつかは川になり、海に注ぐ。だから俺は工員として、一人の高校生として、与えられた仕事を一つ一つ成し遂げるんだ。生きて生きて生き抜くんだ。心に雫をためて生きるんだ。そうすればいつか俺の心も大河になり、大海になるんだ。そう信じて生きていくよ。」

百合は黙ったまま、うれしそうに「うんうん。」と何度も頷いていた。百合は出会った頃よりも更に逞しくなった総司をじっと見つめた。疲れを忘れたかのように百合の顔にぱっと光が差した。二人は再び頂を目指した。少し元気を取り戻した百合は先を行く総司の背中に話しかけた。

「自然って不思議ねぇ。この緑も一瞬として同じ色はないわね。それぞれが自分を主張してるわ。」

「あはは。そうかなぁ。見分けつかないけどなぁ。」

「あはは。私も見分けつかないかも。」

「あはははは。」

二人の笑い声が山に響き渡った。山は全てを聞き漏らすまいとしているかのように静かだった。二人は笑顔を絶やすことなく歩き続けた。

空が開けた。遮るものは何もない。二人の勇気と絶え間ない前進が空を開いたのだ。二人は頂に立った。そして、ほてった体に爽やかな風を受けながら、勝ち取った栄冠の一つ一つを眺めた。一息つくと百合はゲーテの詩を風に乗せた。

「大いなる誠実な努力も
ただ　たゆまずしずかに続けられるうちに
年がくれ　年があけ
いつの日か晴れやかに日の目を見る」

総司は美しき繊細な百合の歌声が全身を血流となって流れるのを感じた。百合は微かな声で、独り言のように言った。

「私達の日の目ね……世界の悲しみから見れば小さな日の目かもしれない。無力かもしれないわ。私にできる事は、誠実に努力する事。今日の雫が、どうか明日の雫でありますように。」

総司は遠くの空や山々を見る百合の横顔に見入った。

美しい……。僕は彼女の横顔さえあれば他に何もいらない。彼女の笑顔のために生きていきたい。

「さぁ、時間がないわ、下りましょう！　山は登る事よりも下る事が大切よ！　油断なくいかなくっちゃ！」

　ようやく手に入れた月桂樹も、百合はすぐに手放さなければならなかった。その喜びに浸る時間さえ残されてはいなかった。しかし、手放した月桂樹は、永遠に枯れる事なく二人の頭上に輝いた。

　二人は束の間の休息とささやかな栄光を勝ち取り山を下りた。総司は先を急ぐ百合を後ろから見守った。意気軒昂であった。ぎこちなく何かを庇うような歩き方が気になった。そんな不安も百合の笑顔にかき消された。

　順調に下った。川のせせらぎが聞こえてくると、総司は少し川で涼みたいと言った。二人は川辺の岩から足を出し、川の水で足を冷やした。二人は並んで体を休めた。総司がふと百合の足に目をやると、無数のあざのような痕を認めた。百合の白い肌に異様なまでにどす黒く、まだらな痕を残していた。まるで得体の知れない生き物がうごめいているかのような気持ち悪さを感じた。総司は目を逸らした。

　下りはこの一回の休息のみで、あとは一気に下りた。二人は夕暮れと同時に山を下りる事ができた。総司は百合をバイクの後ろに乗せた。帰り道、百合は総司の背中で誇らしげにずっと鼻歌を歌っていた。玄関で百合を下ろすと、百合は神妙な面持ちで言った。

「ありがとう……。本当にありがとう。」

いつになく静かな声だった。

総司はこの言葉こそ自分の欲しかった全てである事を知った。黙って頷くと立ち去った。心地よく疲れた体を、夏の終わりの風が優しく包んだ。

明くる日、昼まで寝ていた総司は、昼過ぎに百合のもとへ向かった。百合はいつものように総司を部屋に招き入れた。

「昨日はありがとうございました。」

「いえいえ。こちらこそ、楽しかったよ。」

「中に入って。」

百合は足を引きずるようにして総司の前を歩いた。

「足大丈夫?」

「うん。少し疲れたみたい。」

百合はいつものゆったりとした大きな籐の椅子に倒れ込むようにして座った。総司はいつものように百合の足元に座った。総司は百合を下から眺めやると、百合は窓の方を見ながら呟くようにして話し始めた。

「人は何を求めて生きているのかしら。満足な環境ってあるのかしら？　私、いつもどこかで不満を感じてた。」

百合はうわ言のように言葉をちぎった。

「人は何かを掴みたい。人は何かを感じたい。人は感動したい。人は感動させたい。ただそれは一人で完結するものではなくって、感じて動く事。つまり、感動した後、自分はどう変わったのかって事が大事。総司君……。人はなぜ歩くのかしら。人はどこへ向かうのかしら。」

総司は視線を逸らし、俯いた。百合は続けた。

「私病気なの。子供の頃からずっと。私はね、動かなくなっちゃう病って呼んでるんだけど、ウイルスがね、私の中にいるの。それで、そのウイルスが私の細胞を食べちゃうんだって。何度もきつい薬を打ってウイルスをやっつけようとしたんだけど、やっぱだめだった。それでも死ぬなんて一度も考えなかった。」

百合は子供っぽく笑った。総司は恐怖で体が硬直した。

「でもね、自分の人生がそんなに長くないって直感するの。子供の頃から強い薬を毎年打ってきたけど、最近効いていないの分かってたの。打った後、体の調子が良くならないの。痛みが引かないの。お医者さんは私に先の事は言わないけど、私感じるの。そんなに長くないって。」

百合は言葉を止めた。一息入れると総司を見つめ話し始めた。

「それまではボランティアもやった事あるし、人に尽くす喜びも知ってるつもりだった。元気な時はいつも思ってたの。もし私が余命一年って宣告されたら、絶対人に尽くしてこの一生を終えるんだ！　なんて。でも実際は違ってた。私なぜかね、この足が元気なうちに、この足が動く限り歩きたいって思った。一つでいい、小さな山でいいから、この足で登攀してみようって思った。なぜだろう。理屈は分からないの。前に進まなきゃいけないって思うの。諦めちゃいけないって。その答えなんてないかもしれない。でもその答えをみつけるわ、絶対に。」

この時の百合は内面の炎をめいっぱい燃え盛らせ、二人だけの部屋を明るく、そして暖かくしていた。総司には百合が本当に歩けなくなる日が来るなど信じられなかった。そして心に決意した。

一緒に歩いて行く。どこまでも。一緒に……。ずっと一緒に。

同時に総司は何もできない無力な自分を知った。そんな虚しい悪夢を払いのけるように言った。

「一緒に……。一緒に歩いていきたい。」

百合は静かに頷いた。総司にとって百合の了解を得る事は、百合の中で自分の存在を認めてもらった確かな証であった。百合は緊張を緩めない厳しい視線でじっと総司を見つめた。

「私ね、最近またダンテの『神曲』を読み直してるの。幸せな死ってあるのかしらって考えちゃうの。」

「死だなんて、ありえないよ……。君は死にやしないさ。」

百合はなんとか自分を励まそうとする総司が可愛くてしかたなかった。しかし、真実から目を背けたままの癒しなど、今の自分には何の意味もない事を嫌というほど知っていた。そして、未来ある若き、愛する恋人に厳しくも真実の言葉を残さねばと決意するのであった。

「ありがとう。でも、人はいつか死ぬわ。ユゴーはこう言っているのよ。『人は皆生まれながらに死刑囚』って、ほんとそうだと思うわ。元気な時はこんな言葉、うまい事言うわねぐらいで終わるけど、今の私には、真実の叫びに聞こえるわ。人は皆生まれながらに死刑囚。だからこそ、死を見つめなきゃいけない。幸せな死ってなにか。その問題に誰もが答えを出さなきゃいけないのよ。ただ、私には、その考える時間が短いだけなのよ。」

百合は今の自分が得たものを、未来ある命に受け継ぎたかった。百合は答えを示したかったわけではない。共に答えを見つけたかった。

総司には百合の問いかけがあまりにも重く、深かった。彼はずっと、百合の死から必死で目を逸らしていたのだ。また、百合自身が苦悩を見つめる事を忘れる事が、忘れさせてあげる事が自分にできる最大にして最後の愛だと思っていた。

総司は放心して立ちすくんでいた。そんないたいけな恋人を励ますように百合は声を上げた。

「あはは。なんか真面目な話になっちゃったね。この話の続きはまた今度にしましょう。」

「そ……そうだね。」

総司は自分の動揺を隠すように、唐突に準備していた話題に入った。

「あっ、ほら。銀杏の樹だ。」
総司は、庭から見える銀杏の樹を指差した。そして、図書館で調べたゲーテの「銀杏の葉」という詩を暗誦した。

これはもともと一枚の葉が
二つに分かれたのでしょうか?
それとも二枚の葉がたがいに相手を見つけて
ひとつになったのでしょうか?

このようなことを思っているうちに
わたしはこの葉のほんとうの意味がわかったと思いました。
あなたはわたしの歌を聞くたびにお感じになりませんか、
わたしが一枚でありながら　あなたと結ばれた二枚の葉であることを?

こんな事しかできないけど……。

総司はじっと百合を見つめた。この時だけは、百合も総司の心に応えるように総司を見つめ返した。

百合は細く白い手をそっと伸ばし、総司の頭を抱き寄せ、自分の胸に包み込むようにして抱いた。

総司は百合の髪に唇を押し当て、頬を当て、目を閉じた。

百合は総司の柔らかな胸の中で目を閉じた。

二人はお互いのぬくもりをめいっぱい感じながら、暮れゆくオレンジ色の光を浴びた。

総司はこの日に別れを告げたくなかった。しかし、熱情の非論理性は、容赦なく二人を引き裂く。そして、真に強い者が、真実の宣告をする。

「そろそろ行かなきゃ。」

百合はそう呟くと、総司の顔をゆっくりと両手で包み、見つめた。優しい愛に抱かれた総司の瞳は、切なく潤んでいた。

二人は無言で会話をするように、じっと見つめ合った。二人は言葉よりも多くの思いを瞳に込めた。

沈黙を破り、百合は総司から手を離し籐の椅子から立ち上がった。百合は震えていた。

足が思うように動かなくなっていた。総司は百合の左手を取った。

「お母さん。」

百合は落ち着いた静かな声で言った。

母親が隣の部屋から出てきた。いつもと変わらぬ笑顔だった。

「そろそろね。」

総司には、母が無理をして笑っているようにしか思えなかった。

「さぁ行きましょう。」

玄関まで百合を支えると、百合は言った。

「今日はここまでで大丈夫よ。しばらく闘ってくるね。また会いましょう。」

「病院までついていくよ。」

「ありがとう。でもいいわ。今日はお医者さんとも打ち合わせがあるだろうし、忙しくなりそうだから。」

「あ、うん……。」

二人は別れた。総司は百合を乗せたタクシーを見送った。暮れゆく日差しが一面の色を変えていった。そして総司も同じ色に染まった。

百合が入院して迎える初めての朝も、晴れわたった青空が変わらず美しかった。だが総司の心にはくすんで見えた。面会時間と同時に百合の病院を訪れた。入口で記帳すると、待合室をはさんだ反対側を、車椅子に乗って移動する大成が見えた。

「大成……。」

駆け寄ろうとすると、車椅子を後ろから押している大成の母が目に入り、我に返り足が止まった。大成の母親は今まで見た事のないような笑顔で息子を包んでいた。大成が口を開いた。

「いいよ。押さなくても。自分でできるから。」

「あら。あら。」

「これもリハビリなんだから。」

「はいはい。そうしますよ。」

母は車椅子から手を離し、ゆっくりと連れ添った。

総司はその光景を遠くで見守った。そして二人の後を追った。二人はリハビリ室に入った。大成はジャージ姿で厳しいリハビリを開始した。

両腕を使って全身を支えながら、五メートルほど並行に並んだ棒にしがみつくようにして前進した。足はだらんと垂れ下がっていた。両腕はプルプルと震えた。大成の顔は真剣であり、必死の形相であった。その姿を母はじっと見守っていた。ゴールに近づくと、総司は思わず小声で叫んだ。

「がんばれ！　大成！　がんばれ！」

大成の母は両拳を硬く握った。大成は震えながらゴールにたどり着くと、マットの上に体を投げ出した。

「やった！　やったよ！　初めて一人でゴールできたよ！」

大成はうれしそうに叫んだ。総司はその笑顔を確認すると小走りに、跳ねるように百合の病室に向かった。

百合はベッドの半分を背もたれにして本を読んでいた。白いシーツとカーテンがよく似合っていた。総司はその美しさに怯えた。これが死を間近にした人の美しさなのではないかと。

「おはよう。」

「おはよう。あら、早いわねぇ。」

百合は手に取っていた本を膝を覆っている掛け布団の上に置いた。

「うん。体の調子はどう?」

「今日はとても調子がいいわ。」

「薬を打つ日は決まった?」

「うん。明日よ。体には負担になるけど、少しでも進行を遅らせられるかもしれないから、やってみるわ。」

「そうだね。治るかもしれないし。俺何もできないけど、一緒にがんばりたい。何もできないけど。」

「ありがとう。ねぇ、今日も天気がいいわね。外はどんな風が吹いてた? 散歩に行きたいわ。」

「行こう行こう。とても爽やかな風だよ。もう夏が過ぎ去っていくんだなって感じがするよ。なんか夏がバイバイって言ってるみたいだよ。」

総司ははっとした。バイバイという軽い一言が百合の心を乱すのではないかと。総司は固くなった表情で百合を見た。百合は無邪気に笑った。

「わーい。行こう! 行こう! 連れてって! 総司君!」

総司は百合の優しさがいたいほど分かった。自分がどんな気持ちなのか百合は全部分かってくれているんだと思った。そして、自分の心ない一言を悔やんだ。

「行こう！」

「やった！　総司君あの車椅子を取って。」

百合は病室の脇にある車椅子を指差した。

「え……。車椅子？」

「うん。あたしもう歩けないのよ。なんだかウイルスが足の細胞を食べちゃったみたい。でもそのおかげで痛みは引いたけどね。」

総司は車椅子を用意し、百合を抱きかかえた。抱きかかえた腕から足がだらんと伸びた。足はどす黒く腐った果実のように見えた。総司は見てはいけない気がして目を逸らした。

「足、気持ち悪いでしょ。あはは。ごめんね。変なもの見せちゃって。」

「いや……。そんなんじゃないよ。そんなんじゃ。」

総司は百合を車椅子に乗せ、決して良い景色だとは言えない、病棟に囲まれた中庭に出た。真夏の暑さは過ぎ、新しい風が吹いていた。芝も心なしか柔らかに見えた。

「気持ちいいわ。この美しい世界を目に焼き付けとかなきゃ。きれいだわ。」

「病気良くなったら、もっと広々としたところに行きたいね。」

「そうね！　北海道？　沖縄？　それとも外国かな？」

「どこへだって連れて行くさ。」

「あはは。やったー！」

「あっ、そうだ！」

突然総司は声を上げた。

「どうしたの？」

「今日さ、大成を見たんだ。」

「え！　どうだった？　元気だった？」

百合の声はこもり、表情は心配気だった。

「それがさ、めちゃくちゃ元気になってて、リハビリを始めたみたいなんだ。」

「よかった……。」

と百合は安堵のため息をつき、笑顔を取り戻した。

「一生懸命だったよ。あいつ、中学の頃から知ってるけど、あんな笑顔見たの初めてだったよ。すっごくいい笑顔だった。もしかしたら、もしかしたら、あいつ、足が自由だった時よりも、もっと自由になったのかもしれない……そんな気がしたよ。」

百合は笑顔で静かに頷いていた。

「そうね、きっとそうね。自由は目に見えないものだから……彼は足は失ったけど、こんどは心に翼を手に入れようとしているんだわ。リハビリなんかじゃない、新しいスタートの準備ね。」

「ありがとう。君のおかげだから。」

「総司君の真心が通じたのね。真心は形はないけれど、いつかは必ず届くから。だから、またいつか、必ず友情は復活するわ。必ず……。」

二人は夏の終わりの心地よい風に包まれた。

しばらく夏の最後の風を感じた。車椅子を押さえる総司の手に百合の髪がなびいた。柔らかく語りかけているようだった。総司はその柔らかい髪に手を伸ばそうと思った。しかし、手は思うように動かず、まるで車椅子に自分の手が張り付いているようであった。百合はゆっくりと話し始めた。

「明日から投与する薬ね。とても強いものなの、今の私の体には。もしかしたら、五感のどこかが使えなくなるかもしれないの。耳かもしれない。目かもしれない。分からないけど、どこか、失うかもしれない。でも、私怖くないわ。生きるって、生き抜くって決めたこの瞬間から、私の胸には光の矢が放たれたわ。希望ってなんて素敵な宝物かしら。」

震える声で総司は答えた。

「生きて、生きて、生きぬいて……。」

百合もまた静かな声で答えた。

光は力
智は光
愛は光
光は全て

総司は涙を流した。ただただ、得体の知れない恐怖に襲われていた。しばらく、静寂の中、風を感じると、二人は病室に戻った。病室では医師と母が百合を待っていた。医師は心配そうに言った。

「どこ行ってたんだ。」

百合は笑いながら答えた。

「ごめんごめん。ちょっと外の風を。」

総司は百合を抱きかかえベッドに寝かした。医師は百合の足先を触った。医師はいつものように冷静に、ありのままを伝えた。

「百合。足先が干からびてきている。おそらく明日には新たにウイルスの進行が始まる。足の細胞は食い荒らされ、今度は更に上の生きている細胞を食いに行く。足先のもう食べるものがなくなったウイルスはそこで死んで沈殿していく。そして干からびる。また新たな激痛に襲われるかもしれん。明日は集中治療室のほうがいいな。」

「分かったわ。いつも私を信頼してくれてありがとう。私は負けません。」

百合は笑顔で答えた。医師もまた笑顔を向けた。総司は恐怖のため五感は凍りついていた。百合は明るく弾けるように言った。

「そういうことで、総司君！ 明日は会えません！ 寂しいでしょ！ あはは。」

総司は引きつって笑った。

「じゃあね。総司君。またね。」

百合は総司をガッツポーズで見送った。総司は百合の笑顔のみを信じた。そうしなければば自分自身を支える事ができなかった。

百合なら、百合ならきっと……大丈夫だ……。


朝日が昇った。百合へ薬を投与する日が来た。その日、総司は日が暮れるまで百合と待ち合わせた場所で海に祈りを込めていた。

百合は、足の根本から骨をのこぎりで削られるような痛みで目覚めた。

痛い……痛い……痛い……総司君……。痛いよ……。

腰を押さえ身もだえするわが子に気がついた母は慌てて駆け寄った。

「百合！　どうしたの。百合！」

「痛い……痛い……腰が痛い……。」

母は急いで医師を呼んだ。医師は落ち着いた口調で話した。

「集中治療室へ。麻酔を打つ。痛みはすぐに引くから。」

百合は集中治療室に運ばれた。医師は母に言った。

「今の百合の体には薬は強すぎるかもしれん。薬を投与しても効果は低い。いや、ないと言ってもおかしくない。そして、リスクは大きい。それでも？」

「はい。百合との約束はどんな時でも守り通します。一パーセントの希望ある限り、手を施してください。」

母は毅然と、迷うことなく即答した。

薬の投与は予定通り行われた。百合は深い眠りについた。

明くる日、百合は病室に戻された。百合は病室に戻された今も眠り続けていた。総司が病室をノックすると、百合の母が出迎えてくれた。

「総司君。ごめんなさいね。まだ寝てるのこの子。薬を打ったときはいつもこうなのよ。」

母はあきらかに一睡もしていない様子だったが、明るく力強かった。

「容態はどうですか？」

「とても順調よ。」

総司はベッドの脇に寄り添った。そして、顔にかかった百合の髪を分け、横顔をなでた。笑っているように見えた。総司は百合の頬に手を当てたまま枕に押し付けられた横顔を見つめていた。顔は一日で極端に痩せこけ、疲れと病気のため、ところどころ皮膚は黒ずんでいた。

「生きているんだね。生きているんだね。それだけで……それだけでいいんだよ。」

総司の涙が百合の頬を伝った。その涙に呼応するかのように百合が声を漏らした。

「総司……。」

総司は、急いで百合の頬から手を引き、涙を拭いた。

「総司君……総司君ね。」

百合は囁くような微かな声で総司を呼ぶと、うっすらと目を開けた。

「ごめんね。私疲れてるみたい……動けないのよ。このままでごめんなさいね。」

「うん……いいよ。よくがんばったね。」

「はは。がんばったよ。また元気になるよ。これで、また登れるね。二人で……登れるよ。」

総司は涙をこらえて頷いていた。

「ごめんね。眠いの……。ごめんね……。薬うつといつもこうなのよ。眠くなっちゃうの……。」

総司は今ここで、愛を告げなければならないという心奥からの叫びを聞いた。

「百合……百合。」

「う……ん。」

「百合……君を……君を……僕は……愛しています。」

部屋に沈黙が流れた。そして静かな寝息が聞こえた。

「あは、寝てる。可愛いなぁ……。」

総司ははにかみながら百合の頬を撫でた。その日、面会時間が終わるまで百合は眠り続けた。


まだ小鳥もさえずるには早すぎる時間だった。太陽が昇る前に、総司の家の電話が無遠慮に鳴った。電話は百合の母からであった。百合の母は、百合が昏睡状態に入った事を告げた。総司は狂わんばかりの形相で闇を切り裂いて走った。バイクのヘッドライトだけが総司の行き先を照らした。

病室へ入ると、医師が付き添い、看護師が心拍数を示すモニターの前で瞬間瞬間の動きを捉えていた。

「百合。総司君が来たわよ。百合。」

百合は痩せ細った顔で、息苦しそうに眠っていた。

「百合……生きて……生きて。」

総司は恐るべき混沌の中で、自己の感情を制御する事ができなくなっていた。百合に飛びつくようにして近づき、辺りを気にすることなく泣き続けた。百合の細い腕を取り、長い指を握り締めた。

百合の息遣いが変わった。徐々に息を大きく吸い込み呼吸の回数が減ってきた。母は総司の後ろからじっと百合を見つめた。怒りも悲しみもない、無表情のまま。

「百合！　約束したじゃないか！　生きるって……。百合……百合……。」

百合の頬は総司の涙で濡れた。枕元には総司の贈った花が、言葉もなく耐え忍んでいた。

「なぜ愛してるって言わなかったんだろう、俺は。こんなになるまで……。百合、聞こえるかい。百合、聞いてほしいんだ。百合、君を愛してるんだ。ねぇ、聞こえる？　聞こえないの……？」

総司の嗚咽と叫び声、そしてピッピと冷酷なまでに無機質に鳴り響く心拍音が交じり合った。

奇跡が起きた。百合の瞳から一筋の涙がこぼれた。総司はそのあまりにも美しき光景に全身が凍りついた。

同時に無機質な機械音はリズムを失った。沈黙が流れた。

「百合……百合。」

総司の叫び声が病室にこだました。そして、全てが終わった。

総司はその夜、百合に付き添った。一晩中百合の遺骸を抱いて泣き続けた。気丈な母は、たった一人で葬儀の準備をした。この時、一人残された母こそ娘を抱いて泣いていたかったであろう。しかし母は総司を気遣いいたわった。

葬儀は自宅で母と、わずかな親戚と総司で行った。全てが滞りなく終わると霊柩車が来た。総司は母に付き添うつもりでいた。しかし、母は別室に総司を呼んで、厳しい口調で語った。

「あなたはここから先は来てはいけません。」

「え……。なぜ……。」

「あなたは新たな歩みを進めなければなりません。あなたには未来があります。あなたがいつまでも泣いていれば、百合は悲しみます。」

総司は我を失い涙を流し叫んだ。

「なぜですか！　なぜですか。愛する人を忘れなければならないのですか？　ただ叶わぬ恋というだけで……そこにいないというだけで……。もう心の一部なのに……心から剝がさなければならないのですか。」

「分かっています。分かっています。あなたの気持ちは。でもね、私は百合と約束をしたのです。あなたの未来こそが、百合の死の意味を示すと。」

総司は顔を伏せた。

「人は出会い、別れるものです。大切なのは、愛する人とかけがえのない出会いをし、そして、あなた自身がどう変わったかなのです。どんなに純粋に愛しても、あなたがあなた自身を見失えば、それはみじめな出会いです。私は、あなたと百合の出会いは真の愛であると信じています。それを証明するのは、理屈でも泣き濡れる事でもない。あなたの人生でしか答えは出せないのです。」

母は総司の肩をがっしりと摑み、揺らすようにして言った。

「さぁ、行きなさい。百合を愛してくれた大切な人。負けてはいけません。振り返ってはいけません。前へ前へ進みなさい。」

母の目から初めて涙がこぼれた。

「お母さん……。」

二人は抱き合って泣いた。お互いの深い悲しみを決意に変えるように。

「いつか、百合に胸を張って会える日が来たら、また来てください。私はここにいますから。」

総司は棺に向かい、百合に最後の挨拶をした。

「さようなら。さようなら。いつか、また会いましょう。そして、ありがとう。」

総司の涙は真っ白な百合の頬に落ちた。総司は立ち上がると、母に丁重な挨拶をし、出ていった。外気は夏の終わりを告げ、風は総司の胸を凍えさせた。


総司は抜け殻のような生活を続けていた。新学期は始まっていたが、外に出る気力はなかった。たまに百合と歩いた波打ち際を隣に百合がいるようにして歩いた。波打ち際の砂浜に、あの頃と足跡の数が足りない事が悲しくて悲しくて……。総司は追憶の中で深い後悔の念に襲われていた。

百合。なぜ「愛してる」という言葉を言わせてくれなかったのか。それは優しさだったのだろうか。

もし、その言葉を口にしていたら、百合はなんて答えてくれただろうか。

きっと「Ｙｅｓ」とも「Ｎｏ」とも答えないだろう。だから最後まで「愛してる」という言葉を言わせなかった。君の優しさは、最後まで「愛してる」と言わせなかった。想いは伝えられぬまま、君は行ってしまった。

「私が死んでも私を想って。」とも言わず……。

「あなたなんか愛してない。」とも言わず……。

俺は、いや、この想いは……どこに行けばいいのか?

この胸から一歩も外に出られないまま。鳥籠の中の鳥のように……。どこにも飛び出せないまま泣いている。今も、今までと同じように籠の中の鳥は泣いている。

「愛しています。」と。

君の仕打ちはそれだけでは足りなかったようだね。強固に貫き通した、優しさの鎖を解き放って流した最後の一滴の涙。百合、君はなんてむごい人なんだろう。

そして胸の中の鳥は、今もさえずっている。

「愛しています……愛しています……。」と。

悲嘆に暮れる総司のもとに百合の母から手紙が届いた。

親愛なる総司君へ

夏と共に百合が去って、私の心もあなたのように、ぽっかりと穴が開いています。私のこれからの人生の目標は、百合に自慢できる母になる事です。そう思うと勇気が湧いてくるのです。

さて、私はあなたに百合の最後の夜の事を話しておりませんでした。あの日、総司君がお帰りになって、しばらくして、夜遅くに彼女は目を覚ましました。起き上がることもできなかったのですが、少し水を飲んで、話をしました。

百合は自分の死を予感していました。自分の死後の総司君の事、私の事を痛く心配していました。百合はあなたの愛をしっかりと受け止めていました。あなたが愛してくれていることを力に変えていました。あなたとの約束だから、最後まで生きつづける、希望の火は消さないって言っていました。あの子は勝ちました。私の誇りであり、何よりも、たった一人の娘です。

そうしてさまざまな事を話しているうちに息が荒くなりました。最後の言葉は、

あり得る事を
なし得る事を
求め得る事を……

でした。この先は息が荒くなり意識を失いました。その後、幾度も総司君の名前を呼んでいました。これが百合の最期でした。

どうか、信じてください。百合はあなたの未来を見つめている事を。

どうか、信じてください。百合があなたの前に、百合以上に愛する人が現れるのを望んでいる事を。


総司さん。愛する者を失わずに生きていく事などできないのです。私もそうでした。人生とは悲哀と共に歩く事です。あなたは十分に悲哀を味わいました。ただ人生とは悲しみの連続です。これからもまた悲哀の波があなたを呑み込む事があるでしょう。

でも、人生とは歓喜も伴っているのです。だから負けてはいけません。悲哀の中に歓喜を見出す事です。悲哀の向こうに歓喜はあるのだから。

お互い、新たな人生を歩みましょう。

前へ前へ。

初秋

——全ての終わりから二年がたった。

百合の母のもとに一通の手紙が届いた。

親愛なる百合のお母さん

突然のお便り失礼します。ご無沙汰しております。お元気ですか？　お変わりはありませんか？

私は百合を失い、しばらく途方に暮れていました。しかしお母さんの便りをいただき、私の心は少しずつ落ち着きを取り戻していきました。お母さんは、本来、私以上に辛い立場におられたはず。でも、私のために、私を励ますために、私を守り通してくださいました。その心を私は忘れません。

「前へ前へ」。私はこの言葉を胸にゆっくりと立ち上がる事ができました。私はともかく前に進もうと、目的もないまま大学に行くことを決意しました。これも百合が教えてくれた事です。「学ぶ事は人生を探求する事」。これは彼女の言葉です。

彼女を思い出しながら勉強し、ようやく田舎の大学に合格しました。今一生懸命勉強しています。部活はワンゲル部に入りました。山登りも彼女が教えてくれた一つです。そしてこの手紙がお母さんのもとに届く頃、私は穂高に登っている事でしょう。この山に登頂したら、百合に報告に行こうと思います。許していただけますでしょうか？

それではお元気で。再会の日を楽しみにしております。

総司

手紙が届いて数日後、百合の家の呼び鈴が鳴った。扉が開かれた。

「今日来ると思ってました。」

「ご無沙汰しております。三回忌ですね。」

「はい。ずいぶんとご立派になりましたね。」

「いえ。まだまだ勉強しなければなりません。お体は大丈夫ですか？」

「ええ。おかげさまで。上がりますか？」

「いえ、早速ですが、彼女に会いに行きます。」

「分かりました。百合のお墓は嵐が丘にあります。あの子、本当に喜ぶわ。ずっと待っていたんですもの。」

「ありがとうございます。」

総司は丁重に挨拶し、嵐が丘に向かった。バイクにまたがり十五分ほど走ると嵐が丘が見えてきた。海沿いの断崖のように急な斜面に、何段にもなってお墓が立てられていた。総司は黒のスーツに白いワイシャツのいでたちで、花束を抱え急な斜面の石段を登った。ひっくり返りそうな斜面だった。嵐が丘にはこの日も強い風が吹いていた。最も高いところに、幾つかのお墓と共に並んで百合のお墓があった。

ようやく百合の墓石の前にたどり着いた。墓石に刻まれた「百合」の文字をじっと見つめた。

「やっとたどり着いたよ。」

総司は墓石にしがみつくようにして、百合の文字を手のひらでなぞった。目からは大粒の涙がこぼれた。墓石は、最後に抱きしめた時のように冷たかった。墓石の前に座り目を瞑り、心を落ち着かせ、ゆっくりと語りかけた。

ここにいたんだね。話したい事がたくさんあるんだ。

総司の口元に微笑が浮かんだ。

聞いて。俺さぁ、大学に行って勉強してんだ。ばかな俺ががんばったんだよ。

それから、ワンゲル部に入って山に登ってんだ。全部百合が教えてくれた事だよ。

総司は極まった感情を抑えるようにして息を吸うと、また語り出した。

今ね、百合が登れなかった山を一つ一つ登ってる。

総司は微笑を取り払った。

山を登り始めて分かったんだ。山を登るとき、踏み出す一歩一歩に百合を感じる。木陰の中に……木漏れ日の中に……せせらぎの中に……小鳥のさえずりに……見渡す全ての景色に百合を感じる。百合と歩いてる。優しい木陰に身を休めると、君の「愛」を感じる。

時は流れ、季節が過ぎても、君が俺の胸に集めてくれた小さな花々は、今も変わらず咲き続けているんだ。

ねぇ、覚えてる？　百合、前に登山家の話をしてくれた事。その登山家は「そこに山があるから登るんだ」って言ったんだよね。俺も山を登る理由が少し分かったんだ。

俺はね、君がいるから……君がいるから……登るんだ……。

風が吹いた。優しい風が吹きぬけた。

君が最後の夜、君のお母さんに残してくれたダンテの言葉。その言葉を聞いたとき、俺の心の影はゆっくりと消え、その後に、心は希望の光で満たされた。希望……。それは、君に始まり君に終わる光。希望の輝く所に君はいる。君は輝く光になったんだね。そして教えてくれた。光を見ようとすれば、自分もまた光にならなければならない、と。

あり得る事を
なし得る事を
求め得る事を
あなたと共に

あるべき事を
なすべき事を
みるべき事を
あなたと共に
ありうる事を
なしうる事を
もとめうる事を
あなたと共に

私は愛
私は光

光は全てに形を変える。君もまた全ての中にいる。君が俺の胸に捧げたもの全てを抱き締めて。

いつかまた、俺は、他の誰かに恋をするだろう。その時また、君に逢いたい。その日が来るまで、この言葉を君に告げる事を許してください。

愛しています。

総司はゆっくりと目を開けた。強い光が瞳に入り、視界は真っ白になった。少しずつ視界が確かになると、墓石の下段の礎に言葉が刻まれている事に気がついた。

高いところまでありがとう
大変だったでしょ
あまり無理しないでね
たとえお墓が苔むしても
私けっこうそういう雰囲気
好きだから
気にしなくていいからね
何もあげられないけど
一つプレゼントがあるの

振り返ってみて
ほら　海がきれいでしょ
これが私からのプレゼント

総司は振り返り、百合と二人で眼下に広がる大海原を見た。風が髪をかき乱し、涙を乾かした。海鳴りは遠くに囁いていた。大空はどこまでも青く澄み、やわらかな雲が浮かんでいた。一羽のかもめが、紺碧の大空を目指して飛んでいった。今年もまた、夏が終わった。

著者プロフィール

黒川 謙士（くろかわ よしお）

1975年、静岡県出身。
東京電機大学大学院理工学研究科システム工学専攻修了。

君がいるから

2005年 4 月15日　初版第1刷発行

著　者　黒川 謙士
発行者　瓜谷 綱延
発行所　株式会社文芸社
〒160-0022　東京都新宿区新宿1－10－1
電話　03-5369-3060（編集）
03-5369-2299（販売）

印刷所　株式会社平河工業社

ISBN4-8355-8383-3